Pick – Der Tierschutzverein

Jiří Robert Pick

# Der Tierschutzverein

Eine humoristische
– soweit möglich –
Novelle aus dem Ghetto

Aus dem Tschechischen von
Eva Gaal und Sigmund Mang

Königshausen & Neumann

Titel der tschechischen Originalausgabe: Spolek pro ochranu zvířat.
Praha 1969, Československý spisovatel.

*Bibliografische Information der Deutschen Nationalbibliothek*

Die Deutsche Nationalbibliothek verzeichnet diese Publikation in der Deutschen
Nationalbibliografie; detaillierte bibliografische Daten sind im Internet
über http://dnb.d-nb.de abrufbar.

© für die deutsche Ausgabe Verlag Königshausen & Neumann GmbH, Würzburg 2013
© für die Originalausgabe Zuzana Justman, New York
Gedruckt auf säurefreiem, alterungsbeständigem Papier
Umschlag: skh-softics / coverart
Umschlagabbildung Vorderseite: Maria Teresa Toral, *In Theresienstadt*, Cat. No. 2601,
Art Collection, Beit Lohamei Haghetaot – Ghetto Fighters' House Museum, Israel.
Umschlagabbildung Rückseite: Das Foto von Pick stammt aus dem Privatbesitz von Zuzana Justman.
Bindung: Zinn – Die Buchbinder GmbH, Kleinlüder
Printed in Germany
ISBN 978-3-8260-5034-3
www.koenigshausen-neumann.de
www.libri.de
www.buchhandel.de
www.buchkatalog.de

# Inhalt

*In Erinnerung an meinen Vater Pick,*
*Papier und Ultramarin*

# 1. Kapitel

das davon handelt, wie Toni, als er Herrn Brisch das Singen
beibrachte, eine hervorragende Idee hatte.

Toni, der Held unserer Erzählung, war weder klug noch war
er dumm. Im Jahr 1939, als die Deutschen kamen, war er
neun Jahre alt. Er malte sich aus, er könnte jetzt ein ganz
außergewöhnliches Abenteuer erleben: Er bekäme zum Beispiel einen Revolver und würde damit einen von Hitlers
schnurrbärtigen Leuten erschießen. Toni stellte sich nämlich
vor, dass Hitlers Leute alle ein Bärtchen wie der *Führer**
selbst trugen, aber er wurde enttäuscht. Auf Bildern musste
er zum einen feststellen, dass Hitlers engste Mitarbeiter gar
kein Bärtchen trugen, und einen Revolver gab ihm schließlich auch niemand. Vielmehr trug er jetzt einen Judenstern
und besuchte eine jüdische Schule. Sehr gut lernte er dort
nicht. Er erklärte dies immer damit, dass er von einer anderen
Schule komme. Aber das glaubte ihm niemand. In die jüdische Schule kamen nämlich alle von einer anderen Schule und
alle redeten sich damit heraus. Später wurde er Bote bei der
jüdischen Gemeinde, und das führte dazu, dass er seine schu-
lischen Pflichten noch mehr, falls überhaupt möglich, ver-
nachlässigte. Mit zwölf fuhr er mit Mama Líza ins Ghetto,
wo es ihm ganz gut gefiel. Ansonsten wartete er natürlich
darauf, wie alle anderen auch, dass der Krieg zu Ende gehe
und alles wieder gut sein werde. Darunter stellte er sich vor,

---

* (Hier und im Folgenden sind alle im tschechischen Originaltext vor-
kommenden deutschen oder jiddischen Wörter in der ursprünglichen
Form beibehalten und kursiv gesetzt. Zur Erklärung einiger Begriffe siehe
das Glossar im Anhang. A.d.Ü.).

wieder ins Kino gehen zu können und mindestens zweimal in der Woche ein hartes Ei zum Abendessen zu bekommen.

Im Augenblick lag er auf dem Rücken im Krankenhaus in L 315 und beobachtete eine Fliege an der Decke. Sie langweilte sich offensichtlich. Toni wunderte das nicht.

Auch er langweilte sich. Nicht, dass ihn die Gesellschaft der älteren Herren gestört hätte. Daran hatte er sich gewöhnt. Aber bei diesen Herren handelte es sich um besonders langweilige ältere Herren. Nehmen wir Herrn Abeles. Er wusste nichts Besseres zu tun, als in seinem Koffer zu wühlen und zu jammern. Dabei hatte er in seinem Koffer nichts, was der Rede wert gewesen wäre und zum Jammern hatte er auch keinen Grund. Er hatte sein Bett, sein Essen und seine Zeit verbrachte er in angenehmer Gesellschaft. Die Fliege dagegen, sie hat kein Bett, Nahrung kann sie sich nur schwer besorgen – wer lässt schon im Ghetto irgendwelche Reste übrig – und sie ist ganz alleine. Und sie jammert nicht wie Herr Abeles.

Toni wurde sie immer sympathischer.

„Hinge Herr Abeles", sagte er sich, „genauso kopfüber an der Decke, das wäre ein Gejammer! Zumindest würde er behaupten, er falle gleich herunter oder verfange sich in einem Spinnennetz."

„Sie Fliegen beobachten, Toni", sagte Herr Hans Brisch aus Berlin, Hermann Göringstrasse 7, ehemals Geiger in einer Bar, in seinem gebrochenen Tschechisch. „Das keine sehr interessante Beschäftigung."

„Zufälligerweise", sagte Toni, „ist dies eine interessante Fliege. Sie erinnert mich an Herrn Abeles."

„Aber Toni", sagte Herr Glaser & Söhne, „es gehört sich nicht, so etwas zu sagen. Herr Abeles, er mag sein wie er will, er ist keine Fliege."

„Was heißt das, ich mag sein wie ich will", verwahrte sich Herr Abeles. „Ich bin kein ‚ich mag sein wie ich will'. Ich bin ein anständiger Geschäftsmann. Fragen Sie in Kolín nach Abeles vom Marktplatz." Auf diese Weise gerieten Herr Abeles und Herr Glaser & Söhne mindestens dreimal am Tag aneinander. Es genügte, dass Herr Abeles feststellte, der Himmel sei heute blau. Herr Glaser & Söhne erklärte dann sofort, der Himmel sei zwar blau, am Himmel sei aber eine kleine Wolke. Darauf entgegnete Herr Abeles, er sehe keine Wolke, wenn er aber eine sähe, würde er nicht sagen, der Himmel sei blau, worauf Herr Glaser & Söhne sagte, er habe noch Gott sei Dank gute Augen und falls Herr Abeles die kleine Wolke nicht sähe, solle er zum Augenarzt gehen, und so weiter und so weiter. Toni hatte anfangs seinen Spaß daran, provozierte die alten Herren manchmal sogar mit geeigneten Fragen, so, wenn er beispielsweise Herrn Abeles, der im Koffer einen alten Wecker hatte, nach der Zeit fragte, und Herrn Glaser & Söhne, der keine Uhr hatte, fragte, ob er der gleichen Meinung sei. Als er nach und nach aber feststellte, dass sich die Herren zwar ordentlich anschrien, es aber immer nur damit endete, dass entweder Herr Abeles aufs Klosett ging oder die beiden sich beleidigt den Rücken zuwandten, verging ihm der Spaß. Auch jetzt hörte er ihnen nicht zu, sondern beobachtete hingebungsvoll die Fliege. Dann zeichnete sich am Horizont ein neues Vergnügen ab. Eigentlich nicht am Horizont, sondern auf seinem Bein. Ein Floh hatte ihn gebissen. Und Toni als erfahrener Flohjäger nahm seine Verfolgung auf. Er hätte ihn auch gleich fangen können. Aber warum sollte er nicht ein wenig Spaß mit ihm haben.

Die Herren, als sie es bemerkten, hörten auf zu streiten.

„Schon wieder haben Sie einen Floh, Toni", sagte Herr Abeles mürrisch. „Das ist doch nur deswegen, weil Sie sich dauernd waschen." Er spielte darauf an, dass Toni sich tatsächlich verhältnismäßig oft und gründlich wusch. Im Allgemeinen ist man ja der Meinung, Flöhe liebten den Schmutz. Aber das ist ein Irrtum, vielmehr ein Vorurteil. Flöhe mögen im Gegenteil einen sauber gewaschenen Körper. Das mag daran liegen, dass sie sich auf einem sauberen Körper besser orientieren können.

„Ich habe es, das Luder", sagte Toni, als er den Floh mit den beiden dafür zuständigen Fingern gefangen hatte und im Wasserglas, das auf dem Nachttisch stand, ertränkte. Dieser Nachttisch war Gegenstand des Neides aller Patienten aus den anderen Zimmern. In L 315 gab es nämlich nur zwei davon. Den einen im Arztzimmer und den anderen genau hier auf Zimmer 26.

Außer dem bereits erwähnten Glas für die Flöhe lagen auf dem Nachttisch noch ein Thermometer, zwei Bücher und drei Zahnbürsten. Die gehörten Toni, Herrn Professor Steinbach und Herrn Löwy.

Auch was das Zähneputzen betraf, gingen die Ansichten der Patienten auf Zimmer 26 diametral auseinander. Herr Abeles und Herr Brisch hielten das Zähneputzen für einen überflüssigen Luxus. Zähneputzen, behauptete Herr Brisch, schädige den Zahnschmelz und außerdem sei es schade um die Essensreste, die sich in den Zahnzwischenräumen sammelten. „Ich nicht so gut genährt", pflegte er zu sagen, „dass ich mir erlauben kann Ausspucken von Essen." Herr Professor Steinbach dagegen meinte, dass das Zähneputzen eine Angelegenheit notwendiger Hygiene sei. Herr Löwy schließlich vertrat einen Kompromiss der unterschiedlichen Meinungen. Man solle zwar die Zähne putzen, dabei aber, soweit möglich, die Essensreste nicht ausspucken.

„Sie haben schon Erfahrung darin, Toni", sagte Herr Professor Steinbach. „Ich hätte ihn nicht so schnell gefangen."

„Aber ich langweile mich schon dabei", sagte Toni. „Immer nur Flöhe fangen."

„Was kann man machen", sagte Professor Steinbach. „Wenn es dauernd regnet."

Im Ghetto* regnete es nämlich dauernd.

Und wenn es im Ghetto dauernd regnet, so ist das schlecht.

Zum einen darf man nicht raus. Man könnte sich nämlich erkälten und seinen Befund verschlechtern.

Und zum anderen regnet es auf die Kartoffeln und die verfaulen dann.

Obwohl, wenn alle Kartoffeln verfaulten, wäre das gar nicht schlecht. Dann gäbe es immer Knödel.

Toni schloss die Augen und stellte sich vor, es regnete Knödel. Es regnete Berge davon, die nicht einmal im Hof der Hannoverkaserne, wo man Fußball spielte, Platz gefunden hätten. Die Knödel waren weich, weiß, und wenn man nur leicht mit dem Finger reindrückte, floss ein süßer, bräunlicher *Powidl* heraus.

Und dann stellte er sich vor, wie er die Herren von L 315 auf zwei Fußballmannschaften verteilte. Herr Brisch, der am Fenster lag, wäre der linke Innenstürmer, Herr Abeles, der an der Tür lag, der rechte Innenstürmer. Toni wäre selbstverständlich Mittelstürmer. Ihm gegenüber spielte Herr Professor Steinbach, der als linken Innenstürmer den an der Tür

---

* (Im tschechischen Original eine Fußnote, die ein Wortspiel beschreibt, für das es im Deutschen keine Entsprechung gibt. Siehe dazu das Glossar. A.d.Ü.)

liegenden Herrn Löwy und als rechten Innenstürmer den am Fenster liegenden Herrn Glaser & Söhne hätte. Als Flügelstürmer, Läufer und Verteidiger nominierte er Herren aus anderen Zimmern, und dabei zog er auch in Erwägung, als Mittelläufer den Chefarzt spielen zu lassen. In der Verteidigung könnten sich Schwester Anna und die ehemalige Nonne *Schwester* Maria Louisa nützlich machen. Nur über die Besetzung des Torwarts musste er nicht nachdenken. Dies wäre einer Lästerung gleichgekommen, im Ghetto stand nämlich Alba Feld im Tor.

Dann erzählte Herr Löwy, ehemals Besitzer eines Kolonialwarenladens in Dolné Počernice, einen zweideutigen Witz.

Über einen jungen Mann, der nicht wusste, dass man im Ghetto Brom in die Suppe mischte. Toni verstand das nicht so richtig.

Aber auch die anderen Herren begeisterte der Witz nicht. Sie fanden ihn wahrscheinlich nicht witzig. Vielleicht lag es an der Art der Darbietung. Hätte den gleichen Witz Johann Sprengschuss in der *Frajcajt** erzählt, hätten sie vielleicht gebrüllt vor Lachen. Gut möglich aber, dass sie auch dann nicht gebrüllt hätten vor Lachen. Es war wirklich ein sehr schwacher Witz. „Das war gute Witz", sagte jedoch Herr Brisch, „aber nicht sehr zu lachen. Aber das uns egal, Toni. Wir jetzt singen."

Toni und Herr Brisch sangen nämlich regelmäßig von elf bis halb zwölf tschechische Volkslieder.

Eigentlich brachte Toni sie Herrn Brisch bei. Manch einer fände es vielleicht natürlicher, brächte ein ehemaliger Geiger aus einer Bar Toni das Singen bei. Aber es ging nicht nur ums Singen, Herr Brisch wollte auch seine Tschechischkenntnisse

---

* *Frajcajt*, richtig *Freizeitgestaltung*, eine Organisation zur Freizeitgestaltung im Ghetto. Konkret handelte es sich dabei um Fußball und Kunst.

vervollkommnen. Und Toni kannte die tschechischen Volkslieder und Herr Brisch kannte sie nicht. Also musste Toni sie Herrn Brisch beibringen und nicht umgekehrt.

„Was haben Sie heute auf dem Programm, Toni", erkundigte sich Herr Löwy. Er war eigentlich ihr einziger Zuhörer. Herr Professor Steinbach stopfte sich bei ihrer Vorstellung Watte in die Ohren. Und Herr Glaser & Söhne und Herr Abeles hatten kein musikalisches Gehör.

„Der Ofen brach zusammen‘", sagte Toni.

„Ich weiß nicht", sagte jedoch Herr Abeles, „ob es die richtige Zeit ist für ‚Der Ofen brach zusammen‘. Vorgestern ging meine Kusine Magda Sauersteinová in den Transport, obwohl sie schweres Ischias hatte."

„Bringen Sie ihm doch ‚Es fließt das Wasser‘, ‚Es flog eine weiße Taube‘ oder ‚Auf, Ihr Slawen‘ bei", schlug Herr Löwy vor. „Das sind ernsthaftere Lieder."

Toni aber wollte Herrn Brisch lieber ‚Der Ofen brach zusammen‘ beibringen. Zum einen hatte er das Gefühl, dass sich Magda Sauersteinová daran nicht störte, und zum anderen war er sich nicht sicher, ob Herr Brisch ‚Es fließt das Wasser‘ oder ‚Auf, Ihr Slawen‘ bewältigte. Tschechisch konnte er schon einigermaßen, aber mit dem mährisch-slowakischen Dialekt hatte er noch nicht so viel Erfahrung.

Also blieb es schließlich bei ‚Der Ofen brach zusammen‘.

Musikologen wären von Herrn Brischs Gesang wohl nicht begeistert gewesen. Auch Ärzte hätten wahrscheinlich einige Einwände dagegen vorgebracht, dass ein Tuberkulosepatient singt. Keiner von ihnen aber konnte die wohltuende Wirkung des Singens auf Herrn Brischs Stimmung leugnen.

Herr Abeles jedoch war ausgesprochen empört. Er fand, Herr Brisch singe falsch, und er fand es nicht richtig, dass ein deutscher Jude aus Berlin tschechische Volkslieder sang.

„Schließen Sie wenigstens das Fenster", sagte er.

„Wir machen es ganz offen", sagte Herr Brisch. „Es ist sehr schönes Lied."

„Und was, wenn es verboten ist", sagte Herr Abeles.

„Wer kann das verbieten", sagte Herr Brisch. „Verbieten sie können ein deutsches Volkslied. Weil Angehöriger einer niedrigeren Rasse darf nicht singen ein deutsches Volkslied, aber ein tschechisches er darf, sie sind auch eine niedrigere Rasse, die Tschechen."

„Das müssten Sie beweisen", sagte Herr Abeles.

„Das nicht sagen ich", sagte Herr Brisch, „das sagen Adolf Hitler."

„Und was Hitler sagt, ist für Sie selbstverständlich heilig", sagte Herr Glaser & Söhne. „Pfui, schämen sollten Sie sich."

Herr Glaser & Söhne mochte Hitler und Herrn Brisch nicht. Das war aber nicht weiter verwunderlich. Herr Glaser & Söhne mochte niemanden.

Herr Brisch aber mochte Hitler auch nicht. „Hitler", sagte er, „für mich nicht heilig, er Agent des Imperialismus."

Herr Brisch war aktiver Kommunist und bei jeder Gelegenheit tat er das kund.

Toni aber mochte ihn trotzdem von allen Herren am meisten. Er war zwar nicht der Meinung, Hitler sei ein Agent, für einen Agenten schrie Hitler zuviel, und die proletarische Weltrevolution erschien ihm weiter entfernt als Herrn Brisch. Insbesondere dann, wenn Herr Brisch in einem Anfall von Großmut auch Herrn Abeles, Herrn Löwy und Herrn Professor Steinbach als Proletarier bezeichnete. Aber in einem war er ganz der Meinung von Herrn Brisch, dass nämlich Herr Glaser & Söhne ein aufgeblasener Kapitalist sei und als Klasse liquidiert gehöre.

„Aber meine Herren", sagte Herr Professor Steinbach. „Schon wieder machen sie aus einer Mücke einen Elefanten. Warum sollte Herr Brisch nicht singen. Wenn es ihm doch Freude bereitet."

„Und wir sollten auch das Fenster öffnen", sagte Toni. „Vielleicht kommt eine Nachtigall angeflogen, oder ein Kanarienvogel. Irgendwo habe ich gelesen, dass sie angeflogen kommen, wenn sie einen schönen Gesang hören."

„Schöne Gesang", wiederholte Herr Brisch geschmeichelt. Obwohl Toni von einem schönen Gesang im Allgemeinen gesprochen hatte, bezog es Herr Brisch auf sich. Aber das war nun mal so. Dem Geiger und politischen Agitator Herrn Brisch konnte man keine größere Freude machen, als ihn für sein Geigenspiel zu loben oder dafür, dass er für den Kommunismus einen neuen Anhänger gewonnen hatte. Aber als er meinte, Toni lobe ihn dafür, wie er ‚Der Ofen brach zusammen' sang, war er ganz hingerissen.

„Sie, Toni, haben sehr gern Tiere", sagte er. „Ich schon gesehen, wie Sie anschauen die Fliegen. Und auch die Floh lassen ertrinken sehr delikat. Sind sie nicht Mitglied von Tiereschutzverein?"

„Nein", sagte Toni. „Ich weiß gar nicht, dass es so etwas gibt."

„Aber solche Tierschutzvereine gibt es doch in fast allen großen Metropolen", sagte Professor Steinbach.

„Aha", sagte Toni und dachte darüber nach. „Wenn es solche Vereine in allen großen Metropolen gibt", sagte er sich, „warum könnte es nicht auch einen im Ghetto geben. Das Ghetto ist zwar keine große Metropole, aber eine kleine Metropole ist es durchaus. Hier hat sich doch, wie Herr Glaser & Söhne zu sagen pflegt, das *Gsindel* aus ganz Europa zusammengefunden. Alba Feld hatte unlängst sogar behauptet, es gäbe hier auch einen Engländer. Ledecký sagte zwar, der Engländer käme aus Vysočany oder aus Krakau, Hauptsache aber, es ist ein Engländer. „Jeder Engländer", überlegte Toni, „kümmert sich zuerst um seinen Hund und erst dann um seinen Diener. Und wenn er hier im Ghetto auch wahrscheinlich keinen Hund dabei hat (und auch keinen Diener), bestimmt würde er in einen solchen Verein eintreten. Zuerst müsste man ihn allerdings gründen."

„Also Toni", sagte Herr Brisch, „gründen Sie eine solche Verein."

„Und wen würde er schützen", sagte Herr Abeles. „Soweit mir bekannt, gibt es im Ghetto keine Tiere. Hier gibt es nur Juden."

„In der Hannoverkaserne gab es seinerzeit ein Pferd", sagte Herr Glaser & Söhne. „Aber es verendete an Dysentherie. Ich kann mich daran erinnern, weil ich seit dieser Zeit keine faulen Kartoffeln mehr esse."

„Na ja, Sie müssen immer etwas dagegen sagen", entgegnete Herr Abeles. Er war beleidigt und ging aufs Klosett.

„Die Arbeit der Pferde", sagte Herr Professor Steinbach, als Herr Abeles weg war, „erledigen im Ghetto jetzt die Menschen. Sogar vor die Wagen werden sie gespannt."

„Dabei überarbeitet sich aber niemand", sagte Herr Löwy. „Auch ich habe diese Arbeit schon gemacht. Meistens zieht man einen leeren Wagen und die Hälfte der Herren hält sich an dem Wagen nur fest."

„Ich bitte Sie, und wie ist es dann möglich, dass der Wagen überhaupt fährt", sagte Herr Glaser & Söhne.

„Es geht meistens bergab", sagte Herr Löwy.

Toni musste lachen. Er stellte sich vor, wie der Wagen den Herren davonfährt und wie sie hinter ihm herjagen. Dann wurde ihm aber bewusst, dass es im Ghetto einen so steilen

Hügel gar nicht gab. „Es sei denn, man würde den Wagen auf den Wall hochziehen. Aber warum sollte man einen leeren Wagen dort hinaufziehen. Warum auch nicht", dachte Toni. „Den Wagen durch das Ghetto zu ziehen ergibt auch keinen Sinn."

„Das ist nicht zum Lachen, Toni", sagte Herr Glaser & Söhne, „den Menschen so zu erniedrigen."

„Wenn arbeitet, Mensch sich nicht erniedrigt", sagte Herr Brisch. „Es kommt auf die Arbeit an", sagte Herr Glaser & Söhne. „Einen Wagen ziehen, das erniedrigt mich."

„Aber Sie ihn doch nicht ziehen", sagte Herr Brisch. „Herr Löwy ihn ziehen und der nicht sein erniedrigt. Ihnen sein manuelle Arbeit zuwider, das zeigen ihre Klasseneinstellung."

„Ich bitte Sie, was für eine Klasseneinstellung", sagte Herr Glaser & Söhne. „Wir sind hier alle schwindsüchtig, einer wie der andere."

„Es ist eine große Klassenunterschied auch unter Schwindsüchtige", sagte Herr Brisch. „Zum Beispiel zwischen Sie und ich. Ich bekommen Schwindsucht als proletarische Geiger in Weimarer Republik. Aber Sie erst bei Hitler als Jude. Weil Sie tragen Säcke und schwitzen, und Sie schwitzen, weil Sie eine verwöhnte Kapitalist. Aber Toni, das mit dem Tiereschutzverein, das ist gute Idee. Es ist nötig aktivieren Juden. Was ist, *Schwester* Anna?" fragte er die Schwester, die gerade mit einem Herrn eintrat. Sie war irgendwie aufgeregt.

„Wo ist Herr Abeles", sagte sie.

„Er nicht hier", sagte Herr Brisch.

„Aber ich habe ihn doch hier", sagte der Herr, der mit Schwester Anna ins Zimmer gekommen war und in sein Notizbuch schaute. „Arnold Abeles, Transportnummer Ba 741, L 315, Zimmer Nr. 26. Das ist doch hier."

„Herr Abeles ist weggegangen", sagte Herr Löwy.

„Ich ahnte schon, dass etwas nicht in Ordnung sein wird", sagte Schwester Anna. „Immer, wenn ich Dienst habe, klappt etwas nicht. Wenn Schwester Lili oder Schwester Maria Louisa Dienst haben, ist alles in Ordnung. Aber wenn ich Dienst habe, passiert immer etwas."

Da war was dran. Das letzte Mal, als Schwester Anna Dienst hatte, ließ Herr Professor Steinbach die Spritze fallen. Und das vorletzte Mal war es Herrn Brisch übel.

„Und was wollen Sie eigentlich von Herrn Abeles", sagte Herr Löwy. „Können nicht wir ihm das ausrichten?"

„Nein", sagte der Herr. „Er muss mir das hier unterschreiben. Es handelt sich um die Einberufung zum Transport."

„Was sagen Sie da", sagte Herr Brisch.

„Das kann doch wohl nicht wahr sein", sagte Herr Löwy.

Die Herren waren überrascht. Sie wussten durchaus, dass gerade ein Transport abging, natürlich wussten sie das. Und sie gaben sich auch nicht der Illusion hin, keinen von ihnen könnte es treffen, natürlich glaubten sie das nicht. Aber sie dachten, dass es Tuberkulosekranke einstweilen nicht träfe. Gelbsucht oder Krebs beispielsweise waren bisher kein Schutz. Aber Tuberkulose, Diphtherie und Scharlach schützten bisher.

„Und das ist nicht zufällig ein Irrtum", sagte Herr Glaser & Söhne. „Herr Abeles ist schwindsüchtig und er ist auf der *Šucliste** ."

---

* *Šuclisty* (aus dem Deutschen *Schutzlisten*), Verzeichnisse mit Personen, die angeblich vor den Transporten geschützt waren. Niemand aber wusste, wer die Transporte zusammenstellte, und wenn man nicht wusste, wer die Transporte zusammenstellte, wusste man natürlich auch nicht, wer die

„Hm, das weiß ich nicht", sagte der Herr. „Bei mir steht nur, Herr Arnold Abeles aus Kolín, Transportnummer Ba 741, L 315, Zimmer 26, soll sich einfinden und so weiter..."

Man konnte ihm ansehen, dass er wirklich nichts wusste, dass ihm keiner etwas gesagt hatte. Und wenn er es sich als *Šames* aus dem *Eltestnrát*[*] hätte erlauben können, hätte ihm Herr Abeles auch leidgetan. „Das ist doch dieser Herr, Arnold Abeles, Kolín, Ba 741, L 315, Zimmer 26? Ich muss es kontrollieren", sagte er. „Es wäre unangenehm, würde jemand dieses ganze Martyrium durchmachen und müsste dann feststellen, dass er gar nicht fährt."

Solche Fälle gab es nämlich immer wieder, und das nicht nur im Zusammenhang mit den Transporten.

Herr Löwy kannte zum Beispiel einen gewissen Herrn Fischmann aus České Budějovice. Zu ihm kam am 16. März 1939 ein Mann und erklärte, er beschlagnahme seine Likörfabrik. Er ließ sich die Schlüssel vom Büro geben und ließ etwa dreihundert Flaschen Likör und zwei Fässer Alkohol abtransportieren. Dann aber stellte sich heraus, dass er ein Betrüger und die Beschlagnahmung eigentlich nicht rechtmäßig war. Natürlich verlor Herr Fleischmann seine Fabrik später so oder so, aber die Freude, dass es sich damals um einen Betrüger gehandelt hatte, konnte ihm keiner mehr nehmen. Herr Glaser & Söhne wiederum kannte eine gewisse Frau Friedlenderová aus Prag. Ihren Mann führten sie zur Gestapo ab. Etwa nach einer Woche bekam sie eine Urne. Sie beweinte Friedlender, trug Trauerkleidung, und plötzlich, mir nichts dir nichts, taucht Friedlender wieder lebendig und

---

Schutzlisten zusammenstellte. Es war auch sehr gut möglich, dass es gar keine Schutzlisten gab.

[*] *Eltestnrát*, sogenannter Rat der Alten. Dieser gab vor, das Ghetto zu leiten, wenngleich er es gar nicht leitete. Manchmal gab er auch vor, es nicht zu leiten, wenngleich er es leitete. Das kam auf die Situation an.

gesund zu Hause auf. Gemeinsam haben sie die Asche im Chotkovpark verstreut. Später sind sie dann doch im Transport nach Lodz gefahren, aber das ist wieder eine andere Geschichte.

Diese und noch andere Beispiele konnten die Herren erzählen.

Schwester Anna wurde jedoch von dem Gerede ganz nervös.

„Das ist alles schön und gut, aber wo ist Herr Abeles", sagte sie.

„Auf dem Klosett", sagte Herr Brisch.

Schwester Anna war erleichtert. „Da bin ich aber froh", sagte sie. „Ich dachte schon, er ist wer weiß wohin gegangen. Darüber hätte sich die Oberschwester schrecklich geärgert."

„Aber nein, Schwester", sagte Professor Steinbach, „er ist wirklich auf dem Klosett."

„Ich hoffe", sagte der Herr, „er braucht nicht sehr lange. Ich muss noch weitere Einberufungen austragen."

„Da kennt er Herrn Abeles nicht", dachte Toni. „Der braucht manchmal auch eine Stunde. Vor allem, wenn er Verstopfung hat."

Aber dann nahm er sich vor, gleich morgen zu Erna zu gehen. „Erna wird die Idee mit dem Tierschutzverein sicher gut gefallen."

## 2. Kapitel

das davon handelt, wie Toni seinem Freund Erna von der
Idee erzählte, einen Tierschutzverein zu gründen.

Erna Jelínek wohnte in einer Mansarde der Geniekaserne.
Es war wahrlich ein Luxus, sich im Ghetto eine Mansarde
auszubauen. Man brauchte dafür eine Menge Holz und jede Menge
Frechheit. Man brauchte dazu allerdings diese besondere, elegante
Frechheit, die im Ghetto die Köche, die Metzger, die Bäcker
und die Jungs aus der *Klajdrkamr* auszeichnete. Sie waren
sich nämlich bewusst, und darauf stützte sich ihre Frechheit,
dass jeder von ihnen jedem Mitglied des *Eltestnrát* aus der
Magdeburger Kaserne jederzeit mindestens einen *Esšus* Suppe, wenn nicht sogar noch einen Knödel, anbieten konnte.

Erna war Koch und ein Freund. Toni und er kannten sich
seit klein auf. Anfangs wohnten sie im Ghetto zusammen.
Zuerst im Gang der Sudetenkaserne, nur so auf einem Stroh-
sack, da hatten sie den größten Spaß. Die alten Opas um sie
herum schimpften über die Zugluft am Boden, aber den beiden machte dies nichts aus. Es amüsierte sie, dass jeder über
sie hinwegsteigen musste. Manchmal streckten sie auch absichtlich die Beine aus, damit die Leute darüber stolperten,
und sie schlossen Wetten darüber ab, über wen mehr stolperten. Aber dann zogen sie zusammen mit den Alten in die
Hannoverkaserne. Dort hatten sie nicht mehr so viel Spaß.
Die Opas hüstelten und ächzten und das einzige Vergnügen
war, manchmal einem von ihnen eine Bürste oder Schuhe
unter das Bettlaken zu stecken. Aber die Opas fanden sie

normalerweise gleich und schimpften nicht einmal richtig. Wahrscheinlich verbrauchten sie ihre gesamte Energie bei Streitigkeiten, die sie untereinander hatten, erklärte es Erna. Da war was dran.

Dann wurde Toni krank und zog um nach L 315. Erna dagegen brachte es zu etwas, zusammen mit Ledecký baute er sich die Mansarde in der Geniekaserne aus.

Aber, wenn man so will, hatte es auch Toni zu etwas gebracht. Ein Zimmer mit fünf alten Herren zu bewohnen war fast der gleiche Luxus wie Ernas Mansarde. Nur wollte dies niemand so recht anerkennen. Im Gegenteil, alle hatten mit Toni Mitleid, weil er im Krankenhaus wohnte. Die Menschen sind in manchen Dingen schon merkwürdig.

Wenn er zu Ernas Mansarde gelangen wollte, musste er durch zwei große Säle gehen, die nur alte Männer bewohnten.

Im ersten Saal hatte Toni einen Bekannten, einen gewissen Herrn Kohn. Er war früher dort gelegen, wo jetzt Herr Glaser & Söhne lag. Aus L 315 wurde er entlassen, weil sich, wie ihnen Schwester Anna damals sagte, seine Tb beruhigt hatte.

Toni brachte ihm manchmal Bücher von den Herren aus Zimmer 26 mit.

Herr Kohn las sie zwar meist gar nicht, dafür aber kritisierte er sie ordentlich. Herr Kohn aus der Geniekaserne liebte es nämlich, alles zu kritisieren.

„Na, mein Junge", sagte er dieses Mal, „bringst du mir wieder ein Buch von Herrn Löwy?"

„Nein", sagte Toni. „Ich gehe zu Erna. Wissen Sie, ob er da ist, Herr Kohn?"

„Woher sollte ich das wissen", sagte Herr Kohn. „Ich kümmere mich nicht um diesen jungen Mann. Aber wenn du mich fragst, wenn er nicht in der Küche ist, dann ist er auf der Mansarde. Er kann aber durchaus auch woanders sein."

Dann fing er wie gewöhnlich an, über Bücher zu sprechen.

„Ich bitte dich, mein Junge, richte Herrn Löwy aus, mir solche Bücher, wie das letzte, nicht mehr zu schicken. Auf solche Bücher kann ich gut verzichten. Ich habe keinen Bedarf, solche Bücher zu lesen."

„Ich richte es ihm aus", sagte Toni.

Normalerweise hätte er Herrn Kohn jetzt gefragt, warum ihm diese Bücher nicht gefielen, aber heute hatte er es eilig.

Herr Kohn bemerkte dies aber und reagierte darauf sehr gereizt.

„Du bist mir aber ein ganz Schlauer", sagte er, und fing sofort an, seine Theorien zu entfalten. „Die jungen Leute", gab er kund, „kommen sich alle ungeheuer schlau vor. Vor allem junge Juden. Deswegen kann ich sie nicht leiden und die alten Juden auch nicht. Die schon gar nicht. Wie nur kann mir, ich bitte dich, Herr Löwy so ein Buch schicken."

„Aber Herr Löwy hat es Ihnen bestimmt nicht in böser Absicht geschickt, Herr Kohn", sagte Toni. „Er dachte, es wird Ihnen gefallen."

„Wie kann mir ‚Fünf Wochen im Ballon' gefallen", sagte Herr Kohn. „Sorgen haben manche Leute!"

Toni hatte ‚Fünf Wochen im Ballon' gut gefallen. Deswegen verteidigte er Herrn Löwy auch weiter.

„Sie sind doch auch ein Jude, Herr Kohn", sagte er.

„Na und", sagte Herr Kohn. „Was willst du damit sagen."

„Dass Sie als Jude die Juden doch nicht nicht mögen können."

Er war noch unerfahren und so erlag er einem auch unter erfahrenen Menschen weit verbreiteten Irrtum, dass nämlich ein Jude einen anderen Juden nicht nicht mögen könne, oder ein Tscheche einen Tschechen, ein Franzose einen Franzosen und so weiter. Aber das ist sehr wohl möglich. Es kommt sogar oft vor. Philosophen und andere Wirrköpfe erklären es meist sehr kompliziert, mit irgendeinem Hass gegen sich selbst. Manche Freudianer versteigen sich sogar in eine Theorie vom Hass gegen die eigene Mutter oder den eigenen Vater und von einem entsprechenden Komplex. Tatsächlich gibt es eine ganz einfache Erklärung. Die ergibt sich aus der Tatsache, dass ein Tscheche am meisten mit Tschechen verkehrt, ein Franzose mit Franzosen und ein Jude mit Juden. Herr Kohn war bei weitem nicht der einzige Antisemit im Ghetto. Und man kann sagen, dass deren Zahl täglich zunahm.

„Die Juden", sagte Herr Kohn, „sind ein abartiges Volk. Ich wundere mich gar nicht über Hitler. Im Gegenteil. Ich würde mich wundern, wenn er sie in Ruhe ließe. Er müsste auf den Kopf gefallen sein. Nehmen wir das Buch, das mir Herr Löwy geschickt hat. Als ob es sich ein seriöser Geschäftsmann leisten könnte, fünf Wochen Urlaub zu nehmen und im Ballon herumzufliegen."

„Aber Hitler", sagte Toni, „mag doch nicht nur die Juden nicht, er mag die anderen Völker auch nicht."

Er sagte das bloß, um etwas gesagt zu haben. Er machte sich keine Illusionen, Herrn Kohn überzeugen zu können.

„Hitler mag die anderen Völker nicht", sagte Herr Kohn, „weil die noch schlimmer sind als die Juden."

„Und Sie meinen, die Deutschen sind besser", informierte sich Toni.

„Die Deutschen sind überhaupt das abartigste Volk", belehrte ihn Herr Kohn. „Gleich nach den Ungarn. Das haben Bismarck und Wilhelm II. verschuldet und auch die Tatsache, dass sie Lutheraner sind. Die sind noch schlimmer als die Katholiken. Obwohl die Katholiken auch eine ganz schöne Bagage sind, genau wie die Orthodoxen. Sie sind alle die gleichen Antisemiten. Aber Herr Löwy hat sich da auch etwas geleistet. Ich sollte mir mal erlauben, ihm ‚Fünf Wochen im Ballon‘ zu schicken!"

Toni verstand Herrn Kohn eigentlich nicht. Herr Kohn, so schien ihm, brachte weniger Gedanken als vielmehr bestimmte Gefühle zum Ausdruck. Und Herr Kohns Gefühle hatten keine Logik, das war klar. „Die Frage aber ist", dachte er, „ob Gefühle überhaupt eine Logik haben können, und, sagen wir mal, Herr Kohns Gefühle hätten tatsächlich eine Logik, handelt es sich dann überhaupt noch um Gefühle." Deshalb fragte er ihn lieber noch einmal, ob er Erna gesehen habe, und falls er Erna nicht gesehen haben sollte, ob jemand anderer auf die Mansarde gegangen sei.

Herr Kohn antwortete ihm noch einmal, dass er es nicht wisse, dass er sich nicht um Erna kümmere, aber wenn jemand anderer als Erna auf die Mansarde gegangen sei, dann sicherlich irgendeine *Chonte*, weil ein anständiges Mädchen mit Erna nicht dorthin ginge, und dass Erna ein *Ganef* sei, weil ein anständiger Junge keine Mädchen auf die Mansarde schleppe, aber dass er nicht wisse, ob ein Mädchen zu ihm gegangen sei und wenn eine zu ihm gegangen sei, dann wahrscheinlich hintenherum, obwohl sie auch hier hätte vorbeigehen können, weil er, Herr Kohn, doch nicht jeden beachte, der hier vorbeigehe, und wenn er jemanden beachte, dann aber sicherlich nicht irgendeinen *Ganef* und irgendeine *Chonte*.

Toni wusste, dass *Ganef* auf jiddisch so etwas wie Gauner bedeutete, er wusste aber nicht, was eine *Chonte* ist, und er schämte sich zu fragen, weil er sich schon denken konnte, was es ist. Er bedankte sich also bei Herrn Kohn für die Information und wand sich durch die Stockbetten in den nächsten Saal. Dann ging er durch ein paar Gänge und Treppenhäuser und kletterte über eine Leiter auf den Dachboden, wo er zu Ernas Mansarde gelangte.

Die aber war verschlossen.

Also klopfte er zurückhaltend an.

„Wer ist da", fragte eine Frauenstimme.

„Ich", sagte Toni. Es überraschte ihn überhaupt nicht, dass Erna da ein Mädchen hatte. Es hätte ihn eher überrascht, hätte er da keines gehabt. Erna jedoch überraschte ihn in solchen Dingen selten. Er hörte ihn sagen: „Das ist mein Freund, ein prima Junge."

Toni freute sich darüber. „Wie schön Erna über mich spricht, wenn ich nicht dabei bin", dachte er.

Dann war zu hören, wie sich Erna und das Mädchen flüsternd verständigten, und schließlich fragte Erna, was er wolle. Toni sagte ihm, er habe eine Idee, er sagte ihm aber nicht, welche Idee. Er wollte mit der Idee vom Tierschutzverein nicht vor dem Mädchen herausrücken. „Wer weiß, was für eine sie ist." Toni kannte sie ja wahrscheinlich nicht und, gut möglich, sie hätte etwas gegen ihn haben können. Oder vielleicht mochte sie keine Tiere.

Dann hörte er, wie Erna sagte: „Er ist ein kleiner Junge, aber er hat manchmal wirklich tolle Ideen. Komm, mach ihm auf."

„Wahrscheinlich", dachte Toni, „meint er meine Idee vom Sommer, als ich vorschlug, uns vom Dach der Magdeburger Kaserne um die Wette hinunterrollen zu lassen." Dazu war es zwar nicht gekommen, weil Ledecký behauptet hatte, es könne dabei jemand in die Regenrinne abrutschen, aber so ganz umsonst war der Einfall dann doch nicht, wenn Erna sich jetzt noch daran erinnerte. „Oder ist ihm vielleicht wieder eingefallen, wie ich letztes Jahr an Silvester für die Jungs neue Namen erfunden habe. Zum Beispiel habe ich Alba Feld in Alba Pole umbenannt." Einige andere Namen waren zwar nicht so gelungen, aber alle lobten Toni damals dafür.

Es schien jedoch, dass das Mädchen auf Tonis Ideen nicht neugierig war. Sie wollte nicht aufmachen. Und Erna konnte ihm vielleicht nicht aufmachen. Er lag wohl oben auf dem Stockbett und hatte keine Lust aufzustehen.

Toni hatte Verständnis für ihn. Vom oberen Bett herunterzuklettern war keine Kleinigkeit. Das war der Nachteil des oberen Betts. Gut war, dass man auf den, der unten lag, allerlei Dinge werfen konnte. Aber es war schwierig, von dort aufzustehen. Aufzustehen ist ja nie angenehm. Aber aus dem oberen Bett ist es besonders unangenehm.

Dann war wieder zu hören, wie Erna das Mädchen zu überreden versuchte: „Geh runter, ich koche dann einen Kaffee*", versprach er.

Sie aber erwiderte, sie lege keinen Wert auf Kaffee und sie klettere wegen irgendeines Blödsinns nicht hinunter.

„Es ist kein Blödsinn", sagte Toni. „Ich will einen Tierschutzverein gründen." Nur ungern hatte er es verraten. Aber er musste damit herausrücken, sonst hätte ihn das Mädchen womöglich eine ganze Stunde vor der Türe stehen lassen.

Sie reagierte aber auf seine Erklärung nicht so positiv, wie er erwartet hatte. Ganz offensichtlich mochte sie keine Tiere.

„Ich bitte dich, wen willst du da schützen", sagte sie. „Hier gibt es keine Tiere."

---

* Unter Kaffee verstand man im Ghetto Wasser, gefärbt durch eine bestimmte Menge Melta – Kaffeeersatz. Aber auch das stärkte manchmal.

„Ursprünglich dachten wir an ein Pferd, aber dann stellte sich heraus, dass es an Dysentherie krepiert ist", sagte Toni.

Das Schicksal des Pferdes rührte Erna.

„Da siehst du", sagte er zu dem Mädchen. „Das arme Pferd, an Dysentherie krepiert. Und du wälzt dich hier im Bett. Komm, mach ihm auf."

Sie aber blieb hart.

„Ich werde mich vor dem Jungen nicht nackt produzieren", sagte sie.

„Hm, da ist was dran", sagte Erna. „Toni, könntest du nicht ein andermal kommen. Vielleicht morgen."

„Aber mir macht das nichts aus", sagte Toni. „Mama Líza sehe ich auch oft nackt. Oder sie soll sich eben anziehen. Ich warte so lange."

„Du", sagte Erna, „habt ihr schon an Mäuse gedacht? Davon gibt es hier jetzt eine ganze Menge. Auch Ratten."

„Haben wir", sagte Toni. „Aber ich wollte es ohne dich nicht entscheiden."

„Also sag ihr doch, sie soll sich anziehen", wiederholte Toni fast flehend. Ihm schien es unpassend, solche Dinge vom Flur aus durch die geschlossene Tür mit Erna zu besprechen. Außerdem fing er an zu frieren.

„Wegen ihm ziehe ich mir nichts über", sagte das Mädchen. „Mir ist heiß."

„Das stimmt, Toni", sagte Erna. „Wir haben prima eingeheizt."

„Dann soll sie sich eben nicht anziehen", sagte Toni. „Sie soll mir nur aufmachen."

Dann besprachen sich die beiden drinnen wieder.

„Hier ist sowieso schon eine ziemlich schlechte Luft", erklärte Erna. „Er könnte uns wenigstens das Fenster öffnen."

Das Mädchen äußerte aber weiterhin Zweifel. „Ich bitte dich, da kommt er doch gar nicht hin", sagte sie.

Sie deutete damit an, dass das Mansardenfenster sehr hoch angebracht war.

„Ich komm da hin", sagte Toni. „Ich bin ein Meter sechsundsechzig. Und ich stelle mich noch auf einen Hocker. Aber erst musst du mir aufmachen."

„Das stimmt", sagte Erna. „Er öffnet immer das Fenster für uns. Mach ihm auf. Er ist wirklich ein prima Junge."

„Wenn dir so viel daran liegt, meinetwegen", sagte das Mädchen.

Dann konnte man hören, wie sie vom Stockbett herunterkletterte, absprang und mit nackten Füßen auf dem Fußboden ging. Als sie aufmachte, war Toni ziemlich verlegen. Vor ihm stand nämlich Schwester Lili aus L 315.

Ansonsten sah sie aus wie jede andere nackte Frau. Und sie schämte sich überhaupt nicht.

„Ahoj", sagte sie nur.

„Ahoj", sagte Toni.

„Grüß dich", sagte Erna.

„Ich komme lieber ein andermal wieder", sagte Toni, nachdem sie sich begrüßt hatten. „Ich will euch nicht stören." Er wollte sie wirklich nicht stören. Vorher, als er noch nicht wusste, dass es Schwester Lili war, hätte er sie ganz gerne gestört. Aber jetzt, als er es wusste, störte er wirklich ungern. Er wusste, wie wenig Zeit Schwester Lili hatte.

Erna aber machte eher den Eindruck, dass ihm die Störung nicht ungelegen kam. „Du störst uns nicht", sagte er, „wir sind schon fertig, nicht wahr, Lilka?"

„Wenn du meinst", sagte Schwester Lili. Und sie kletterte zurück auf das Stockbett.

Toni beobachtete, wie geschickt sie es machte. Als kletterte sie jeden Tag auf ein Stockbett. Dabei hatte sie in L 315 ein ganz normales Bett. Auf der Mansarde hatte Erna ein Stockbett, weil er dort mit Ledecký zusammen wohnte. Ledecký war gerade nicht da.

Ansonsten war die Mansarde eingerichtet wie jede andere Mansarde auch. Außer dem Stockbett war dort noch ein Ofen und ein Waschbecken. Und neben dem Stockbett hatte Erna eine Reproduktion von van Gogh aufgehängt.

Toni gefiel der blaue Herr mit den gelben Haaren. Er sah Erna ein wenig ähnlich.

Immer, wenn er in die Mansarde kam, schaute er ihn an und hatte das Gefühl, als erwidere der Herr seinen Blick. Aber vielleicht täuschte er sich.

Letztendlich war es nur ein Bild.

Es kam wohl darauf an, welches Licht gerade in der Mansarde war. Heute zum Beispiel musste er über den Herrn mit der rauhen Haut ein wenig lachen. Und nicht nur über ihn.

Er fand es witzig, Schwester Lili bei Erna auf dem Stockbett zu sehen. „Wenn sie mir das nächste Mal Calcium spritzt", dachte er, „werde ich mich daran erinnern. Vielleicht ist es dann weniger scheußlich. Obwohl, Calcium ist immer scheußlich. Wenn einem nach und nach die Hitze von den Füßen hoch in den Kopf steigt." Manche Patienten behaupten zwar, dass es bei ihnen umgekehrt wirke. Dass sich die Hitze vom Kopf zu den Füßen ausbreite, aber da irren sie sich wahrscheinlich. Manche Menschen sind entsetzlich zerstreut.

„Also, was ist jetzt mit den Tieren", sagte Erna und setzte sich hin.

Seine Beine hingen herunter. So konnte man sehen, dass er eine blaue Turnhose trug. Toni war erleichtert. Es wäre ihm sehr unangenehm gewesen, wäre Erna vor Schwester Lili ohne alles gesessen, obwohl sie Krankenschwester war. Bei ihr war es etwas anderes, sie war eine Frau, aber für Erna wäre es blamabel gewesen.

„In allen großen Metropolen", sagte er, „gibt es Tierschutzvereine. Das wenigstens sagte Herr Professor Steinbach."

„Da ist was dran", sagte Erna. „Auch wenn wir hier nicht gerade viele Tiere haben. Da hatte Lilka Recht. Nicht einmal Hunde gibt es hier."

„Und die Arbeit der Pferde machen jetzt die Herren", sagte Toni. „Das hat wiederum Herr Löwy gesagt." Toni achtete streng darauf, sich nicht mit fremden Gedanken zu brüsten. Er nannte immer auch deren Autor.

„Sicher", sagte Erna. Auch wenn er nicht so genau wusste, wovon die Rede war und Herrn Löwy nur vom Sehen kannte. „Aber trotzdem gibt es hier eine Menge Tiere, um die sich niemand kümmert. Zum Beispiel Mäuse."

„Um die kümmert man sich anderswo auch nicht", sagte Schwester Lili.

„Woher weißt du das", sagte Erna. „Ich meine, man kümmert sich überall um sie. Und hier kümmern wir uns überhaupt nicht um sie. Hier kümmern wir uns nur um Waisenkinder, um debile Kinder und um alte Omas und Opas. Aber um Mäuse kümmern wir uns nicht."

„Um alte Omas und Opas muss man sich kümmern", sagte Schwester Lili. „Andernfalls gehen sie doch zugrunde."

Aus ihr sprach die professionelle Schwester.

Erna ging darauf aber nicht ein. Für ihn war sie offensichtlich weniger eine Krankenschwester als vielmehr eine Frau.

„Meinst du", sagte er zweifelnd. „Wenn ich manchmal sehe, wie sich die Opas im Altrshajm* streiten und schlagen, denke ich, die sind erschreckend lebendig."

„Du hast recht", sagte Schwester Lili. „Auch bei uns in L 315. Zum Beispiel Herr Adamson. Und dabei ist er so fromm."

„Woher weißt du, dass er fromm ist", sagte Erna. „Das sieht man doch niemandem an."

„Ich kann das erkennen", sagte Schwester Lili vergnügt. „Erstens deswegen, weil er dauernd betet. Und zweitens deswegen, weil er mit mir immer das Haschee gegen die Kartoffeln tauscht. Er fürchtet, es könnte Schweinefleisch drin sein."

„Du bist aber ein Biest", sagte Erna. „Komm, einen Patsch auf den Hintern." Und obwohl sie sich wehrte, gab er ihr den Patsch.

Als Toni den Hintern von Schwester Lili sah, fing er an zu lachen. Er stellte sich vor, wie er, Toni, ihr, Schwester Lili, eine Spritze gibt. Er wusste aber nicht, ob er es tatsächlich könnte. Es gibt nämlich drei Arten von Injektionen: unter die Haut, intravenös und intramuskulär. Die unter die Haut, das ist leicht. Das kann jeder lernen. Intravenös, in die Vene, das ist schon nicht mehr so leicht. Vor allem, wenn jemand schlechte Venen hat. Aber intramuskulär, in den Hintern, das ist am schwierigsten. Man muss aufpassen, dass man keinen Nerv trifft. Dabei war Toni aber aufgefallen, dass die Schwestern sie mit einer gewissen Lust gaben. Auch *Schwester* Maria Louisa, die ehemalige Nonne, der niemand etwas

---

* Altrshajm (*Altersheim*), im Unterschied zum *Jugendhajm* (*Jugendheim*), ein Zufluchtsort für alte Männer und Frauen. Anders als im *Jugendhajm* gab es hier keinen extra Zuschlag. Die Alten brauchen es nicht, sagte man, sie sind nicht mehr in der Entwicklung.

unterstellen konnte. Jetzt begann er es ein wenig zu verstehen. Vielleicht würde es auch ihm Spaß machen.

„Was gibt es da zu lachen", sagte Schwester Lili.

Sie nahm ihren Hintern offensichtlich sehr ernst.

Erna sprang Toni zur Seite. „Das Leben ist manchmal schön", sagte er. „Also, warum soll er nicht lachen."

„Ich kann nicht sehen, dass das Leben sonderlich schön ist", sagte Schwester Lili.

„Weil es hier sehr dunkel ist", sagte Erna. „Toni, zieh die Verdunkelung herunter und mach das Licht an."

„Aber ich bin noch nicht angezogen", sagte Schwester Lili.

„Er hat dich doch schon gesehen", sagte Erna.

„Wenn du meinst", sagte Schwester Lili.

Dann richtete Toni die Verdunkelung – er musste dafür auf den schon erwähnten Hocker steigen – und machte das Licht an. Schwester Lili sprang wieder vom Stockbett herunter und zog sich an. Jetzt bei Licht fiel Toni auf, dass sie fast die gleiche Figur wie Mama Líza hatte. Nur die Brüste waren etwa um zwei Zentimeter größer.

„Sie ist schön, nicht wahr", sagte Erna.

„Ich kann das nicht beurteilen", sagte Toni. „Mir fehlt die Erfahrung."

„Komm schon", sagte Erna. „Gib doch ein wenig an, behaupte, wenigstens mit Marlene Dietrich oder Greta Garbo etwas gehabt zu haben."

„Aber ich hab nichts mit ihnen gehabt", sagte Toni. „Ich kenne sie gar nicht. Warum also sollte ich das behaupten. Ich mag es nicht, wenn man lügt."

„Das ist keine Lüge", sagte Erna. „Übertreiben, das ist doch ein biologisches Bedürfnis."

„Dann habe ich dieses biologische Bedürfnis halt nicht",
sagte Toni, schon etwas gereizt. Er schätzte Erna, aber jetzt
schien er dummes Zeug zu schwatzen.

„Mach dir nichts draus", sagte Schwester Lili, „Erna hat
heute das biologische Bedürfnis Unsinn zu reden."

„Na und", sagte Erna. „Und was, wenn ich schon die Nase
voll habe. Und wenn ich mir was von der Seele reden muss."

„Hattest du ein Malheur in der Küche", sagte Toni sach-
lich.

„Nein. In Q 206 ist alles in Ordnung. Dort gibt es immer
irgendein Malheur. Daran gewöhnt man sich. Aber so langsam ist mir alles zuwider. Verstehst du. Ich kann mich nicht
beklagen. Ich habe alles, was mir nur einfällt. Genug zu fressen, Mädchen, die Mansarde. Als Koch respektieren mich die
Leute. Auch zur *Frajcajt* gehe ich manchmal. Aber das alles
macht keinen Spaß mehr. Wo liegt da der Sinn. That's the
question."

Mancher wundert sich vielleicht über das Hamletzitat aus
dem Munde eines Koches von Q 206. Aber das war im Ghetto ganz normal. Alle Köche hatten zumindest Oberschulbil-
dung. Ungebildete duldeten sie nicht unter sich. Zu gebildet
durften sie aber wiederum auch nicht sein. Ein Rechtsanwalt,
ein Arzt oder ein Philosophieprofessor käme nie in die Küche.

„Dafür ist der Verein vielleicht ganz gut", sagte Toni.
„Dann ist hier wenigstens etwas los."

„Das stimmt", sagte Erna. „Hör mal, bist du da alleine
drauf gekommen?"

„Ja. Eigentlich nein", sagte Toni. „Eigentlich hat mich
Herr Abeles drauf gebracht. Weißt du, er hat sich schrecklich
aufgeregt, weil ich mit Herrn Brisch gesungen habe."

„Na", sagte Erna. „Das gehört sich nicht, man soll die alten Herren nicht quälen. Die können sich nicht wehren. Da sind sie den Tieren ähnlich."

„Aber nein", sagte Toni, „ich habe gleich aufgehört. Er ist nämlich gleich danach in den Transport gegangen. Aber als er wollte, dass ich ‚Es flog eine weiße Taube' singe, brachte er mich auf die Idee. Weißt du, ich stellte mir vor, wie es wäre, wenn eine Taube zu uns durch das offene Fenster hereingeflogen käme. Oder wenn ich mir ein Huhn ins Zimmer brächte. Verstehst du. Bei mir im Bett könnte es ruhig nisten. Ich bin doch selten dort. Den ganzen Tag treibe ich mich im Haus herum."

„Ein Huhn soll ein schrecklich schmutziges Tier sein", sagte Erna.

„Mein Huhn wäre es nicht", sagte Toni. „Ich würde es schon erziehen. Wirklich, Schwester Lili, glauben Sie mir, Erziehung ist sehr wichtig. Mich hat man von klein auf gezwungen, vor dem Essen die Hände zu waschen. Und heute, wissen Sie, fällt es mir sehr schwer, sie nicht zu waschen."

„Würde es denn nicht auch dauernd gackern", sagte Erna. „Das machen doch die Hühner. In letzter Zeit sind auch die Hühner nervös geworden. Und du weißt doch, hier im Ghetto würde es nur schwer einen Hahn finden."

„Vielleicht könnte man einen beschaffen", sagte Toni.

„Ihr seid verrückt", sagte Schwester Lili, die sich inzwischen angezogen hatte. „Geflügel zu halten ist im Ghetto nicht erlaubt."

„Was soll das", sagte Erna. „Tun wir vielleicht nicht genug Dinge, die man nicht tun darf."

„Schon", sagte Schwester Lili und patschte ihn auf die Hand. „Aber Geflügel durften die Juden auch früher nicht halten. Auch damals nicht, als sie noch Karten für Fleisch hatten. Das letzte Mal habe ich eine Gans im Jahr achtunddreißig gesehen."

„Jetzt siehst du vielleicht bald wieder eine", sagte Erna. „Wenn wir den Verein haben. Weißt du was", wandte er sich an Toni, „wir rufen die Jungs zusammen und beraten darüber."

„Das wäre toll", sagte Toni. Und vor Freude schlug er einen Purzelbaum. Er gelang ihm aber nicht besonders. Ernas Mansarde war für einen ordentlichen Purzelbaum doch zu klein.

# 3. Kapitel

das von der Taubenexpedition handelt.

Drei Tage später trafen sie sich vor dem Kaffeehaus.

Alba Feld, der Torwart aus der *Klajdrkamr*, Ledecký, Ernas Mitbewohner und Kollege aus der Küche in Q 206, der Metzger und Schauspieler Jenda Schleim, Mama Líza, Erna, Schwester Lili und Toni. Schwester Lili war das erste Mal dabei.

Trotzdem stellte Erna sie niemandem vor.

Er hatte ihr Kommen schon angekündigt.

Dieser kleinen Expedition war nämlich eine beratende Sitzung vorausgegangen, bei der Toni seinen Vorschlag zur Gründung eines Tierschutzvereins vorgetragen hatte. Die Teilnehmer waren nicht sehr begeistert. Alba Feld fand es unter seiner Würde, sich für Tiere zu interessieren. Immerhin war er erster Torwart im Ghetto und verkehrte täglich mit den Oberen aus dem *Eltestnrát*. Auch Jenda Schleim fand die Idee zuerst suspekt. Erst als Ledecký seine Zweifel äußerte, fing er an, sich für den Verein lebhaft zu interessieren. Damit allerdings verstärkte er die Abneigung gegen den Verein bei Ledecký, der sich aber mit Rücksicht auf Toni zügelte, und in Anbetracht dessen, dass Mama Líza, also Tonis Mutter, dafür war, fühlte sich auch Alba Feld gezwungen, mindestens nicht dagegen zu sein. Schließlich einigten sich alle darauf, dass es Spaß machen könnte, und Ledecký erinnerte sich, dass in der Kirche auf dem Hauptplatz Tauben nisteten. Nach denen könnten sie mal schauen.

Er wurde also beauftragt, sie dorthin zu führen. Weil es aber schon spät war und die Tauben wahrscheinlich schon schliefen, verschoben sie die Expedition auf den nächsten Tag.

Toni hüpfte um die anderen herum, gestikulierte und lächelte Mama Líza vergnügt an.

Mama Líza war Kontrolleurin in der Küche in Q 206. Die Arbeit als Kontrolleurin war etwas weniger einträglich als das Kochen. Im Ghetto hielt man sich an das ungeschriebene Gesetz, dass ein Koch, ein Bäcker und ein Metzger am meisten stehlen durften. Ein Kontrolleur (oder eine Kontrolleurin) durfte demnach etwas weniger stehlen.

Toni war auf Mama Líza aber besonders deshalb stolz, weil sie mit den Jungs ging.

Die meisten Jungs waren um gut zehn bis zwölf Jahre jünger als sie. Aber man sah ihr diesen Altersunterschied nicht an. Vor allem wenn sie Hosen trug.

Momentan trug sie einen Rock. Und Alba Feld hielt sie um die Taille. Toni störte das nicht. Er mochte Alba Feld. Manche sagten ihm zwar nach, er sei ein Schürzenjäger, aber niemand konnte leugnen, dass er der beste Torwart im Ghetto war. Jedenfalls um Klassen besser als ein gewisser Mahrer von den Bäckern. Mama Líza war es offensichtlich nicht recht, dass Alba sie so hielt.

„Ich bitte dich", sagte sie, „könntest du liebenswerterweise deine Pfoten anderswohin tun."

„Und wohin", sagte Alba Feld, „könntest du das liebenswerterweise genauer bestimmen."

„Weg von mir", sagte Mama Líza. „Du hast Hände wie ein Gorilla."

„Das hat er", dachte Toni bewundernd. „Im ganzen Ghetto hechtet niemand so gekonnt nach dem Ball wie Alba."

Unterdessen überquerten sie den Platz und näherten sich der Kirche.

Die Kirche war das einzige nicht bewohnte Gebäude im Ghetto. Das Tor und die Fenster waren mit Brettern verschlagen. Nur oben im Glockenturm gab es zwei offene Fensterchen. Durch diese konnten die Tauben ins Innere gelangen.

Ledecký führte sie aber nicht direkt in die Kirche, sondern hinter die Kirche zu einer kleinen Kapelle. Um die Kapelle herum war eine der wenigen Stellen im Ghetto, wo im Sommer Gras wachsen konnte. Jetzt war es dort natürlich verschlammt. Wie überall.

„Pfui", sagte Jenda Schleim. „Meine Stiefel werden total nass. Ich spiele in ihnen morgen den Macduff."

Nie, bei keiner Gelegenheit, vergaß er zu betonen, dass er nicht nur Metzger, sondern auch Schauspieler war.

Im Übrigen kam Jenda Schleim aus einer ganz normalen Familie. Sein Vater war Arzt oder etwas ähnliches. Jenda Schleim besuchte das Gymnasium, er blieb aber wegen Latein sitzen und wechselte deshalb auf die Handelschule, die er wegen seiner jüdischen Herkunft verlassen musste. Dann lernte er Schlosser. Metzger und Schauspieler wurde er erst im Ghetto.

Er hielt sich jedoch für einen hervorragenden Schauspieler. Meist hielten ihn die anderen aber für einen durchschnittlichen Metzger.

„In der Kirche ist es trocken", sagte Ledecký. Dann beseitigte er zwei, drei Bretter und sagte: „Bitte, wer geht als Erster. Die Damen, bitte sehr."

„Ich kann nicht", sagte Mama Líza. „Ich habe einen Rock an."

„Ich auch nicht", sagte Schwester Lili, obwohl sie Hosen trug. Sie hatte offensichtlich ihre eigenen Gründe.

„Schade", sagte Alba Feld, „ich habe mich schon auf die schöne Aussicht gefreut. Aber wenn die Damen nicht voransteigen wollen, dann steige ich halt voran. Ich habe keine Angst vor der Dunkelheit."

Dann stieg er hinein, die anderen hinterher.

Ledecký führte sie durch einen langen Gang. Es war dort ziemlich dunkel, und sie drückten sich fest aneinander. Obwohl man nicht davon ausgehen konnte, erlaubte sich in dem engen Gang nicht einmal Alba Feld etwas gegenüber den Frauen. Wahrscheinlich hatte er Angst, in der Dunkelheit versehentlich einen von den Jungs zu belästigen.

Als sie ins Innere der Kirche gelangt waren, verteilte Ledecký Kerzen. Für Toni und Schwester Lili reichten sie aber nicht. „Sakrament", sagte Ledecký, „ich hätte gewettet, doppelt so viele dabei zu haben."

Aber keiner hielt sich damit auf, weil alle anderen eine Kerze bekommen hatten. Und Toni und Schwester Lili waren nicht so wichtig. Dann gingen sie durch die Kirche und an den Wänden zeichneten sich riesengroße Schatten ab. Es sah sehr interessant aus.

Toni war ganz gefesselt davon.

Es war ein viel größerer und vor allem ein viel höherer Raum als der Saal in der *Rajtšůl*, wo die *Šlojska*[*] war. Und dort fanden ungefähr 300 Menschen Platz.

In einem so großen und hohen Saal war Toni schon lange nicht mehr gewesen.

Der größte Raum, den er je in seinem Leben besucht hatte, war die Halle im Wilsonbahnhof. Aber das war schon lange her. Und dort gab es auch keine Wandmalereien. Und

---

[*] *Šlojska* (deutsch die *Schleuse*), ein Raum, wo die Menschen, die mit den Transporten ankamen, abgefertigt (beraubt) wurden.

41

außerdem war es dort sehr laut, und hier herrschte eine ganz besondere Stille.

Jenda Schleim fing zwar mit Ledecký zu zanken an, aber nach einer Weile hörten sie auf. Auch Mama Líza schwieg.

Toni betrachtete die Bilder.

Eigentlich konnte er sie gar nicht richtig sehen, aber weil Ledecký und Jenda Schleim sich mit einer Kerze in der Hand bemühten, die Tauben zu finden, und die mussten irgendwo da oben nisten, erblickte er doch hin und wieder ein Stück eines Bildes.

Dann zog Alba Feld eine Taschenlampe heraus und man konnte noch besser sehen.

Die meisten Bilder stellten Szenen mit Tieren dar, nur auf wenigen waren ausschließlich Menschen zu sehen.

Aber alle, Tiere wie Menschen, hatten eine Art Sommersprossen. Fast wie Erna.

„Wer ist der bleiche Herr am Kreuz", wollte Toni wissen.

„Das ist Jesus Christus von Nazareth", sagte Mama Líza.

„Und warum weinen alle um ihn herum", fragte er.

„Sollen sie sich etwa darüber freuen, dass er ihnen gekreuzigt wurde", sagte Alba Feld. „Glaubst du vielleicht, es ist angenehm, so am Kreuz zu hängen? Er musste wahnsinnige Muskelschmerzen gehabt haben. Hättest du schon einmal an Geräten trainiert, würdest du das kennen."

Toni fand die Erklärung nicht besonders treffend, er wollte Alba Feld aber nicht verärgern und so fragte er nicht weiter nach Jesus Christus.

„Und wer ist die Frau daneben", fragte er Mama Líza.

„Das ist die Mutter von Jesus", erklärte Mama Líza, „die Jungfrau Maria."

„Aha", sagte Toni. „Und warum wurde dieser Christus eigentlich gekreuzigt?"

„Weißt du", sagte Alba Feld, „er war so ein jüdischer Schlauberger. Dauernd hatte er etwas zu verkünden und das mögen die Leute nicht."

„Er ließ sich lieber kreuzigen als zu widerrufen", sagte Erna.

„Und was sollte er widerrufen", sagte Toni.

„Seine Überzeugung", sagte Erna.

„Aha", sagte Toni, „jetzt verstehe ich. Er war jemand wie Masaryk."

„Aber woher denn", sagte Alba Feld. „Er war ein gewöhnlicher dickköpfiger Jude."

„Aber letztendlich überzeugte er die anderen doch", sagte Erna.

„Aber erst damit, dass er sich kreuzigen ließ", sagte Ledecký.

„Aha", sagte Toni. Für ihn war bei weitem noch nicht alles klar. Aber er fing an, den bleichen Herrn zu schätzen. Er vertraute in solchen Dingen auf Erna.

Dann wurden alle nachdenklich. Obwohl sie aus unterschiedlichen Gesellschaftsschichten und Familien stammten – Alba war Sohn eines Advokaten, Jenda Schleim Sohn eines Arztes, Schwester Lili Tochter eines Unternehmers und Ledecký stammte aus einer adligen Familie –, waren sie doch alle Töchter und Söhne eines modernen Zeitalters. Es kam ihnen merkwürdig vor, dass in der Vergangenheit Menschen andere Menschen wegen unterschiedlicher religiöser Meinungen kreuzigten.

Erst Jenda Schleim unterbrach die Stille.

„Wo sind denn die Tauben", sagte er. „Ich sehe hier keine Tauben."

„Dort, über der Freske mit der Jungfrau Maria, ist ein Nest", sagte Ledecký. „Und dort, über dem heiligen Josef, noch ein zweites."

Er sagte dies aber sehr unsicher.

Alle fanden es merkwürdig, dass die Tauben hier nicht herumflogen und gurrten. Ledecký hatte ihnen zuvor in allen Farben geschildert, wie sie hier herumflogen und gurrten. „Ob sie krank geworden sind", befürchtete Schwester Lili. Nachdem sie aber beide Stellen mit der Taschenlampe abgesucht hatten, stellten sie fest, dass von den Tauben nichts zu sehen war. Auch die Nester waren nicht an ihrem Platz. Keiner von ihnen glaubte jedoch, dass die Tauben plötzlich abgezogen waren. Auch unter der Voraussetzung, ihr Instinkt hätte sie gewarnt und sie wären weggeflogen (obwohl, was für ein Instinkt sollte das sein, der sie vor einem Tierschutzverein warnte), erschien es sehr unwahrscheinlich, dass sie samt ihren Nestern weggeflogen waren. Das machen weder Tauben, noch irgendwelche andere Vögel.

„Ich sehe hier keine einzige Taube", wiederholte Jenda Schleim. „Ob uns hier vielleicht jemand", sagte er argwöhnisch, „eine kleine, eine winzig kleine Falle stellen wollte?"

Und damit es ja keine Zweifel gab, wen er für diese kleine Falle verantwortlich machte, trat er näher an Ledecký heran.

„Ob vielleicht", sagte er, „dieser Jemand die Tauben nur als Vorwand benutzt hat, um uns in die katholische Kirche zu schleppen. Um uns zum richtigen Glauben zu bekehren."

Er spielte damit nicht nur darauf an, was Ledecký vorher über Jesus Christus gesagt hatte, sondern auch darauf, dass Ledecký aus einer alten katholischen Adelsfamilie stammte. Irgendein Ururgroßvater von ihm heiratete eine Jüdin und trat zum Judentum über. Ledeckýs Opa nahm zwar wieder den katholischen Glauben an, aber nach den Nürnberger Gesetzen war Ledecký ein Jude katholischen Glaubens. „Ich bitte dich", sagte er, „diese Kirche ist nicht geweiht." „Das beweist gar nichts", sagte Jenda Schleim. Ledecký ging ihm ausgesprochen auf die Nerven. Immer wenn er einen Adeligen spielte, spielte er ihn so, wie er in seiner Kindheit Herrn Štepánek den Cyrano von Bergerac hatte spielen sehen. Der jüdische Adelige Ledecký war für ihn der lebende Beweis dafür, dass nicht jeder Adelige aussah wie Herr Štepánek aus dem Nationaltheater. Und das störte sein Selbstbewusstsein als Künstler.

„Und wer hat das hier vollgekackt", wehrte sich Ledecký. „Seht", sagte er und leuchtete mit der Taschenlampe auf Häufchen Taubenmist. Alles war damit bespritzt. Sogar das Bild der Jungfrau Maria war verdreckt. Deswegen also waren überall diese Sommersprossen.

„Da ist was dran", sagte Erna. „Jemand muss das hier vollgekackt haben."

„Genau hier, über der Madonna, war ein Nest", sagte Ledecký. Dann fingen sie wieder an, nach den verschwundenen Tauben zu suchen, bis Ledecký ihnen zurief, sie sollten aufhören. „Hört mal", sagte er, „mir kam da etwas, wie es gewesen sein könnte. Letztes Mal, als ich von hier weggegangen bin, sah mich der kleine Knirps Tausik. Ich wette, er meldete es seinem Bruder und die Tausiks sind hergekommen und haben uns die Tauben vor der Nase weggeschnappt."

„Ich schlage also vor", sagte Alba Feld, „dass wir sie aufsuchen und ihnen ganz anschaulich zu verstehen geben, wer hier das Sagen hat."

„Da ist was dran", sagte Erna. „Aber sie sind doppelt so viele wie wir und außerdem sind sie alle starke Kerle."

„Also gut, wie du meinst", sagte Alba Feld. „Mach dir nur nicht vor Angst in die Hose."

Toni fing an, sich über ihn zu ärgern.

Alba Feld drückte sich oft so aus. Normalerweise störte es Toni nicht. Aber hier in diesem Saal, wo die Stimmen auf so besondere Art hallten, fand er es unpassend.

Ihm schien, als fühlte auch Erna ähnlich.

„Keiner fürchtet die Tausiks", sagte er. „Aber keiner will sich unnötig prügeln. Es ist so gut wie sicher, dass sie die Tauben schon liquidiert haben."

„Ich denke auch", sagte Toni leise, „wir sollten nicht zu den Tausiks gehen. Die Tauben zu schützen wäre sicher auch schwierig."

„Da bin ich jetzt aber neugierig", sagte Alba Feld, „wen ihr schützen werdet."

Er sagte dies sehr ärgerlich. Aber Toni kannte ihn gut. Bei Alba ging das schnell wieder vorbei.

„Es findet sich schon jemand", sagte Jenda Schleim, und er machte dabei eine Geste, die alle aus der Inszenierung von Schillers Räubern kannten. Jenda Schleim spielte darin den Idealisten Franz Mohr. Manchmal gestikulierte Jenda Schleim nicht nur, sondern versuchte auch, sich zu benehmen wie Franz Mohr. „Aber das ist nicht einfach", pflegte er zu sagen. „Franz Mohr hatte mit Räubern zu tun und ich mit lauter Lumpenpack."

Damit hatte er Recht und auch wieder nicht. Denn wer war, wie Herr Löwy immer sagte, im Ghetto ein Lump? Und wer war ein größerer und wer ein kleinerer Lump? War Pašeles aus L 262 ein größerer Lump? Er versprach Herrn Löwy, für ihn drei Kartoffeln zu klauen, brachte ihm dann aber nur zwei und behauptete, eine verloren zu haben, obwohl Herr Löwy sehr wohl wusste, dass dieser Lump Pašeles die eine Kartoffel dem Lump Lederer aus Q 28 für zwei Schluck Schnaps überlassen hatte. Oder war der größere Lump etwa dieser Lump Lederer, der in aller Ruhe die Kartoffel, die der Lump Pašeles ihm überlassen hatte, aufgefressen hatte, obwohl er sehr wohl wusste, dass die Kartoffel geklaut war und dass sie notabene der Lump Pašeles Herrn Löwy hätte bringen sollen. Das ist sehr schwer zu sagen. Eines aber ist sicher; kaum ein Lump im Ghetto war wirklich ein anständiger Mensch.

Dabei hatten viele Menschen im Ghetto ein gutes Herz.

Zum Beispiel Jenda Schleim.

Oder Ledecký.

Oder auch Alba Feld.

Andernfalls hätten sie sich nämlich nicht weiter darum gekümmert, nachdem sie in der Kirche keine Tauben gefunden hatten. Sie aber fingen an, gleich wieder neue Pläne zu schmieden.

„Wie wäre es, Löwen und Elefanten in Obhut zu nehmen", sagte Alba Feld, und leuchtete mit der Taschenlampe auf die Arche Noah.

„Es sollten eher kleinere Tiere sein", sagte Erna.

„Läuse", sagte Alba Feld. „Man könnte Schutzgebiete für sie einrichten. Bei jeder Frau. Zeig, Líza, wo hast du dein Schutzgebiet."

„Du bist unmöglich, Alba", sagte Mama Líza, und zog ihren Rock, den Alba ihr hochgezogen hatte, wieder herunter.

„Er ist ein hervorragender Torwart", dachte Toni. „Vor allem sein Hechtsprung ist im Ghetto ohne Konkurrenz. Aber er hat kein Feingefühl."

„Es sollten eher irgendwelche Haustiere sein", sagte Erna.

„Und wie wäre es mit Flöhen", sagte Toni, „die sind viel sympathischer als Läuse. Das sind doch Haustiere, oder?"

„Sicher", sagte Ledecký. „Aber es gibt da ein Problem. Wie willst du sie halten."

„In L 315 habe ich ein großes Glas", sagte Toni. „Bisher habe ich sie in dem Glas ertränkt", fügte er etwas verlegen hinzu. Er war sich durchaus bewusst, wie barbarisch er gehandelt hatte. „Aber wenn ich das Wasser ausschütten würde, könnte ich sie in dem Glas halten. Dort könnten, schätzungsweise, um die zwanzig Flöhe leben."

„Und wie willst du sie ernähren", wandte Schwester Lili ein.

Damit brachte sie Toni aber nicht in Verlegenheit. Er hatte sich das gut überlegt.

„Immer wenn Blut abgenommen wird, nehme ich einfach ein bisschen für sie weg."

Manch einer könnte vielleicht Anstoß nehmen an der Würdelosigkeit, mit der er sich über die Flüssigkeit, genannt das menschliche Blut, ausließ. Man muss aber unbedingt bedenken, dass es sich um jüdisches Blut handelte. Wie hätte Toni das Blut, sagen wir mal von Herrn Löwy achten können, wenn Herr Löwy jedes Mal bei der Blutentnahme herzzerreißend klagte: *„Umgotteswillen,* Schwester, dass Sie wieder diese stumpfe Nadel nehmen müssen. Sie wissen doch ganz genau, dass ich schlechte Venen habe. Mit so einer stumpfen Nadel kämen Sie nicht einmal in die Venen von Herrn Brisch, und der hat vorzügliche Venen. Wie wollen Sie damit also in meine Venen gelangen, wo Sie doch wissen, wie schlecht sie sind, ach ja." Ebenso konnte er kaum das Blut von Herrn Glaser & Söhne achten, der sich vor der Blutentnahme jedes Mal auf dem Klosett versteckte und behauptete, Durchfall zu haben, auch wenn er schon seit vielleicht zwei Tagen Verstopfung hatte. Das Blut von Herrn Professor

Steinbach oder von Herrn Brisch dagegen achtete Toni. Aber denen wiederum wurde es nicht so oft abgenommen. „Ich dachte eher an andere Haustiere", sagte Erna. „An eine Katze, einen Hund oder Gänse."

„Gänse mag ich nicht", sagte Schwester Lili. „Sie schnattern und kneifen."

„Ich mag auch keine Gänse", sagte Alba Feld. Aber er meinte es ganz offensichtlich anders. Zweideutig. Toni mochte seine Ausdrucksweise zunehmend weniger. Er hatte das Gefühl, dass ein Torwart seiner Qualität das nicht nötig hatte. „Zweideutige Witze soll meinetwegen Max Schumacher aus der Wiener Mannschaft machen, dem jeder zweite Ball nach hinten durchrutscht, aber nicht Alba Feld, der beste Torwart im Ghetto." Man muss hier noch klärend anfügen, dass in der Ghettoliga neben Vereinen, wie sie die Mannschaften der Metzger, Bäcker, Köche und der *Klajdrkamr* bildeten, auch städtische und nationale Mannschaften spielten, wie Deutschland, Wien, Holland, Dänemark, Pilsen u.s.w. Das waren aber nicht gerade die besten Mannschaften.

„Kennt ihr den kleinen Dackel vom Herrn *Esessturmbannführer*", sagte Ledecký. „Der wäre vielleicht geeignet."

„Aber wir müssten ihn zuerst ghettoisieren", sagte Erna. Er meinte damit, man müsste den Hund entschlossen der Aufsicht des Herrn *Esessturmbannführer* entziehen. Es war nämlich mehr als wahrscheinlich, dass der Herr *Esessturmbannführer* dafür kein Verständnis hätte, auch wenn sie seinen Hund bestens versorgten. Sähe er einen von ihnen mit dem Dackel, könnte er gegebenenfalls auch schießen. Selbstverständlich so, dass er den Dackel nicht träfe.

„Das lässt sich schon irgendwie machen", sagte Ledecký. „Tauben gibt es keine, dann nehmen wir eben einen Dackel."

Sie vertrauten ihm. Auch wenn er es mit den Tauben verpatzt hatte, so hatte er es doch nicht dermaßen verpatzt, dass
sie ihm jetzt nicht glaubten. Mit dem Dackel wird es schon
in Ordnung gehen. Sie kannten ja die Tausiks, wie sie überall
herumschnüffelten, und Ledecký, auch wenn er Koch und
ein ehemaliger Adeliger war, konnte die Augen doch nicht
überall haben und ahnen, dass der Stinker Tausik es weiter-
trägt. Andererseits hätte er selbstverständlich etwas ahnen
können, wenn er etwas vorsichtiger gewesen wäre. Aber gerade die Tatsache, wie Erna sagte, dass er sich doch ein wenig
blamiert hatte, gab ihnen eine gewisse Garantie, wenn auch
natürlich keine hundertprozentige, dass er in der Sache mit
dem Dackel jetzt aufpasste und alles tun würde, was in seinen
Kräften stand.

Bis dahin aber wollten sie die Zeit, wenn sie schon in der
Kirche waren, nutzen, um etwas Spaß zu haben. Schwester
Lili schlug vor, sie könnten tanzen, dafür gäbe es hier genug
Platz. Aber sie hatten keine Musik, eine Orgel gab es in der
Kirche nicht, und wenn es eine gegeben hätte, gäbe es doch
gewisse Bedenken, ob Alba Feld, der ein wenig Akkordeon
spielte (als kleiner Junge hatte er Klavier spielen gelernt),
darauf spielen könnte. Er behauptete zwar, dass er es könne,
da es aber keine Orgel gab, konnte er es erstens nicht beweisen und zweitens hätte es ihnen auch nichts genützt. Dann
schlug Ledecký vor, sie könnten Theater spielen.

Dagegen protestierte schärfstens Jenda Schleim. Er emp-
finde es als Entweihung der Theaterkunst, sagte er, mit Menschen zu spielen, die noch nie Theater gespielt hätten, und
dies noch dazu in der Kirche.

Ledecký wandte ein, man habe im Mittelalter auch Theater in der Kirche gespielt und niemand habe sich daran gestört.

Dazu bemerkte Jenda Schleim, dass sie zum Glück nicht im Mittelalter lebten und er machte gleich einen Gegenvorschlag. Sie könnten ja einen kleinen christlichen Gottesdienst abhalten. Ledecký hier könnte den Priester machen. Er wollte damit ganz offensichtlich Ledecký ärgern. Aber Ledecký ließ sich nicht reizen.

„Das könnte ich", sagte er. „Ich war häufig Ministrant und da habe ich ihnen die Handgriffe abgeschaut. Aber ich habe keine Sutane."

„Und wir haben keine Hüte", sagte Toni.

„Aber Toni", sagte Mama Líza, „einen Hut trägt man in der Synagoge, nicht in der Kirche."

„Aha", sagte Toni. „Und Frauen dürfen in die Kirche?"

„Ja", sagte Mama Líza. „Nur in die Synagoge dürfen sie nicht. Dort müssen sie auf den Balkon. Aber damit ist bei Weitem noch nicht gesagt, dass die Christen mit Frauen besser umgehen."

„Ich habe auch schon davon gehört", sagte Schwester Lili. „Und die Mohammedaner wiederum betreiben Vielweiberei."

„Und wir vielleicht nicht", sagte Alba Feld, den sie damit auf eine Idee gebracht hatte. „Wisst ihr was", sagte er, „Ledecký soll den Priester machen und uns alle trauen. Wir haben hier, wie ich so sehe, einen Neuzugang."

Alle waren, wie es schien, damit einverstanden. Nur Erna gefiel es irgendwie nicht.

„Ihr kennt ja wahrscheinlich schon alle Lili", sagte Erna.

„Das reicht uns nicht", sagte Alba Feld, und zog Schwester Lili zu sich auf die Kirchenbank.

„Wartet, es sind Kinder hier", sagte Mama Líza. Sie wusste schon, dass Toni kein Kind mehr war. Sie selbst sprach mit ihm immer wie mit einem Erwachsenen und manchmal ging sie auch so mit ihm um. Aber sie wollte nicht, dass Toni bei dieser Art von Spaß dabei ist. Offensichtlich fürchtete sie, er könnte sich dabei erkälten.

„Die Kinder schicken wir weg", sagte Alba Feld.

„Und sollte vielleicht nicht jemand auch mich fragen", sagte Schwester Lili.

„Warum sollte dich jemand fragen", sagte Alba Feld. „Du bekommst ein halbes Kilo Kartoffeln."

„Warte", sagte Erna. „Lili ist nicht so eine. Sie will keine Kartoffeln."

„Dann geben wir ihr Knödel", sagte Alba Feld. Für ihn war das kein Problem. Als Torwart der *Klajdrkamr* konnte er sich das erlauben.

„Ich pfeif auf eure Knödel", sagte Schwester Lili.

Auch Mama Líza hatte noch etwas dagegen einzuwenden. „Ich weiß nicht, ob sich das gehört. Ausgerechnet hier."

„Warum sollte sich das nicht gehören", sagte Alba Feld. „Wie viele Menschen haben hier wohl schon geheiratet. Warum also kann man sich hier nicht auch einmal vergnügen."

„Da ist was dran", sagte Erna.

„Wenn du meinst", sagte Schwester Lili.

Dann begleitete Ledecký Toni zurück durch den dunklen Gang. Etwas brummte er dabei vor sich hin. Vielleicht war er mit dem Vergnügen, wie Alba Feld es sich vorstellte, auch nicht einverstanden. In der Kirche war es doch ziemlich schmutzig. Aber Toni dachte darüber nicht nach. Er war richtig gut gelaunt. „Toll", dachte er. „Wir werden unseren eigenen Hund haben. Immer, wenn ich meine Ration bekomme, teile ich den Zucker mit ihm." Dann fragte er sich aber, ob der Hund Puderzucker überhaupt fresse. So ein Hund von einem Herrn *Esessturmbannführer* kann doch ganz schön verwöhnt sein. Vielleicht frisst er nur Würfelzucker. Und Würfelzucker gab es im Ghetto nicht. Dann sagte er sich aber, dass der Hund bestimmt auch Puderzucker fresse. Und falls es ihm doch schwer falle, streue er ihm den Puderzucker in sein kleines Maul. So wie er es auch bei sich selbst machte.

# 4. Kapitel

das davon handelt, wie sich alle – und schließlich
auch Toni – satt gegessen haben.

Wie das vergnügliche Treiben in der Kirche weitergegangen ist, wusste Toni nicht. Gleich am nächsten Tag fragte er zwar Schwester Lili, sie aber sagte ihm nichts. Erst Jenda Schleim gab ihm wenige Tage später einige vage Informationen.

„Ledecký", sagte er, „hat den Pfarrer gespielt und alle zehn Minuten ein Paar getraut. Fast alle haben sich mit allen Mädchen verheiratet."

„Der Pfarrer kann aber doch nur Trauungen und keine Scheidungen vornehmen", wandte Toni ein.

Wie man sieht, hatte er von den gelehrten Gesprächen der Herren aus Zimmer 26 doch etwas mitbekommen.

„So genau hat man es nicht genommen", sagte Jenda Schleim. „Schließlich habe ich Ledecký abgelöst. Damit Ledecký auch ..."

„Damit er auch was", unterbrach ihn Toni.

„Damit er auch heiraten konnte", sagte Jenda Schleim etwas verlegen, dem gerade bewusst wurde, dass Toni noch ein Kind war. „Aber ich konnte es nicht so gut. Ich kann doch kein Latein."

„Und Ledecký kann", sagte Toni.

„Ein paar Worte", sagte Jenda Schleim, „aber er hat damit dauernd angegeben. Du kennst ihn doch, nicht wahr? Du, weißt du, wo Lilka gerade ist?"

Toni erklärte ihm, wo sich Schwester Lili zu diesem Zeitpunkt gerade befinden könnte. Und dann fragte er, wie weit

54

sie mit den Vorbereitungen gekommen seien, den Dackel des Herrn *Esessturmbannführer* einzufangen. Aber Jenda Schleim wusste darüber nichts. Andauernd interessierte er sich nur dafür, wo Schwester Lili gerade sei, wie er dahin komme, ob jetzt niemand anderer dahin kommen könne, ob zu dieser Zeit der Chefarzt Visite mache, wann Schwester Lili die Spritzen verabreiche, wann sie die Tabletten verteile u.s.w. Sein Interesse an den Arbeitsabläufen der Krankenstation in L 315 war sehr auffällig.

Toni wurde es wieder einmal bewusst, wie unterschiedlich die Interessen der Jungs waren. Auch wenn alle an einem Tag großes Interesse für etwas zeigten, hieß das noch nicht, dass sie sich auch an den folgenden Tagen dafür interessierten. Er hatte noch lebhaft im Gedächtnis, was aus seiner Idee geworden war, sich vom Dach der Magdeburger Kaserne um die Wette hinunterrollen zu lassen und jetzt hatte er ernsthaft Sorgen, die Sache mit dem Dackel des Herrn *Esessturmbannführer* könnte genauso ausgehen. Dieses Mal aber waren seine Befürchtungen unbegründet.

Am Tag nach Jenda Schleims Besuch in L 315 erhielt Toni einen Zettel von Erna: „Komm am Nachmittag, es gibt den Dackel."

Die Nachmittagschicht hatte *Schwester* Maria Louisa und deshalb endete das Liegen keine Sekunde früher als vorgeschrieben.

Punkt drei Uhr brach Toni dann auf.

Dieses Mal jedoch suchte er von sich aus Herrn Kohn auf. Er brachte ihm ein Buch von Herrn Löwy.

„Zeig her", sagte Herr Kohn. „Anna Karenina. Hm. Was ist das jetzt wieder für eine merkwürdige Firma. Was für eine Karenina. Entweder heißt es Gebrüder Karenin oder Karenin

& Söhne oder Karenin & Comp. So nenne ich eine Firma. Aber Anna Karenina. Was ist das?"

Toni aber hatte heute keine Lust, sich mit Herrn Kohn über literarische Probleme zu unterhalten. Er deutete an, andere Sorgen zu haben und erwähnte den Tierschutzverein nur ganz allgemein. Dabei erwähnte er auch das Pferd aus der Hannoverkaserne, das an Dysenterie verendet war.

Herr Kohn hakte da ein. „Früher", erklärte er, „als man noch Pferde nutzte, hatte der Mensch mehr Würde. Jemand, der keine Pferde hatte, war ein *Nebich*."

„Und Sie, Herr Kohn, Sie hatten Pferde", sagte Toni.

„Wo denkst du hin", sagte Herr Kohn. „Als hätte sich ein Rechtsanwaltgehilfe ein Pferd leisten können. Ich konnte Menschen, die Pferde hatten, noch nie leiden. Auch die nicht, die Hunde hatten. Den Erlass des *Reichsprotektors*, dass Juden keine Haustiere haben dürfen, halte ich für sehr vernünftig. Meistens verwöhnten die Juden ihre Hunde, von den Katzen ganz zu schweigen. Das schrie zum Himmel."

„Und Sie nehmen es mir nicht übel, Herr Kohn, wenn wir die Tiere schützen", sagte Toni. Er wäre nämlich nur ungern wegen des Vereins im Bösen von Herrn Kohn gegangen.

„Warum sollte ich es dir übel nehmen", sagte Herr Kohn. „Jemand muss sich doch um die armen Tiere kümmern."

„Ja, jemand muss das machen", sagte Toni. Und er überlegte, welchen Namen sie dem Hündchen geben könnten. Bobík fand er schön. Sie könnten es auch Alfred nennen, so hieß Ledeckýs Dobermann. Das fand er aber doch nicht passend. Für einen Dackel klang es zu vornehm.

Dann verabschiedete er sich von Herrn Kohn. Er ging durch den Saal und die sich anschließenden Gänge. Als er die Leiter hochstieg, spitzte er die Ohren, ob er ein Bellen höre. Aber es war kein Bellen zu hören.

Alle Jungs waren schon in der Mansarde.

Oben auf dem Stockbett thronte Ledecký. Er sah dabei aber nicht gerade wie ein Aristokrat aus. Eher so, als stopfte er sich mit etwas voll.

Auch die anderen saßen um eine große Aluminiumschüssel herum.

„Endlich kommst du", sagte Erna. „Langsam hatte ich Angst, dass für dich nichts übrig bleibt."

„Es reicht für alle", sagte Jenda Schleim. „Sogar auf den Weg kann Alba noch etwas mitnehmen."

„Wo geht Alba hin", informierte sich Toni.

„Das sage ich dir später", sagte Erna. Er schmatzte dabei. Toni fand dies merkwürdig. Erna legte zwar keinen großen Wert auf besondere Manieren, aber normalerweise schmatzte er nicht.

Überhaupt kann man sagen, dass es trotz der beengten Wohnverhältnisse mit der Tischkultur im Ghetto nicht so schlecht stand. Zwar aß kaum jemand mit Messer und Gabel, aber auch kaum jemand nur mit den Händen. Die meisten Ghettobewohner benützten für alle Gänge den Löffel. Hätte es Hähnchen gegeben, das ist klar, hätte man das Fleisch mit der Hand vom Knochen gelöst. Nur, Hähnchen gab es nicht. Aber das, was die Jungs hier verspeisten, war so etwas wie Hähnchen. Wenigstens kam es Toni so vor.

„Was ist das", fragte er Mama Líza.

„Das sagen wir dir auch erst nachher", sagte Erna.

Toni nahm sich also ein kleines Stück.

Es schmeckte gut. Aber das sagte noch nichts. Im Ghetto schmeckte fast alles gut. Es kam zwar angeblich vor, dass manche Menschen, wie schon gesagt, aus religiösen Gründen kein Haschee aßen, aber das hatte nichts zu bedeuten. Würden sie das Haschee nämlich essen, schmeckte es ihnen auch gut.

Obwohl es Toni gut schmeckte, konnte er um nichts auf der Welt erkennen, was es war. Dabei war Toni gewissermaßen ein Fachmann. Er erkannte, ob ein Knödel aus der Küche in Q 206 oder aus der Küche der Hamburger Kaserne oder aus der Küche der Magdeburger Kaserne stammte. Er konnte sogar den Koch bestimmen, der den Knödel zubereitet hatte. Auf eine Entfernung von eineinhalb Metern konnte er nach dem Geruch die Kartoffelsuppe aus der Aussiger Kaserne von der Kartoffelsuppe aus dem *Jugendhajm* unterscheiden. Und wenn es ihm einmal nicht gelang, war das eher Zufall oder weil sie ein neues Gewürz bekommen hatten. Aber dieses Essen versuchte er vergeblich zu identifizieren. Das Nachdenken darüber hatte ihn so gepackt, dass er für einen Moment vergaß, warum er eigentlich hergekommen war.

Das war traurig, aber verständlich. Der Mensch ist wie ein Grashalm im Wind. Und ein solch ausgesprochen gutes Fleisch lässt sich in diesem Fall mit einem starken Wind, wenn nicht gar mit einem Orkan vergleichen. Für Tonis ungewöhnliche Charakterstärke spricht aber, dass er, kaum hatte er ein paar Bissen gegessen, nach dem Hündchen fragte. Keiner der Anwesenden schien aber Lust zu haben, sich darüber zu unterhalten. Eher war es, als wollten sie davon ablenken.

„Schlag dir zuerst ordentlich den Bauch voll, wir erklären es dir danach", sagte Jenda Schleim. Er aß mit großem Elan, wenn auch nicht mit so großem wie Ledecký. Zum einen deswegen, weil er alles anders als Ledecký machte und zum anderen, weil es sich ein Mensch, wie er sagte, der sich dem Theater widmen wolle, nicht erlauben könne, sich zu überfressen. Wenigstens in jungen Jahren nicht. Erst später, wenn er Charakterrollen spiele, sei es anders.

„Iss nur ruhig weiter, Toni", sagte Schwester Lili.

Sie saß neben Jenda Schleim und ihre Haare waren schon ganz fettig, weil sie sie andauernd mit ihren Händen zurechtmachte. Es schien Toni, als sei sie ein wenig betrunken. Soweit Toni dies überhaupt beurteilen konnte. Er hatte nämlich noch nie einen richtig Betrunkenen gesehen. Aber manchmal erschienen ihm Menschen betrunken, obwohl sie nichts getrunken hatten. „Vielleicht liegt das daran", dachte Toni, „dass sie in einer Stimmung sind, sich zu betrinken, hätten sie nur etwas zu trinken." Es gab aber nichts zu trinken, also sahen sie nur betrunken aus. Hätten sie aber etwas zu trinken gehabt, hätten sie sich bestimmt betrunken.

„Es schmeckt ausgezeichnet", sagte Ledecký. „Es erinnert mich an Täubchen oder Hase."

„Ich bitte dich", sagte Jenda Schleim. „Ein Täubchen schmeckt doch ganz anders als ein Hase."

„An was erinnert es dich, Alba", sagte Mama Líza.

„Scheiße", sagte Alba Feld. Er war irgendwie mürrisch. Offensichtlich freute er sich nicht besonders auf die Reise, von der vorher die Rede war.

Im Übrigen muss man Jenda Schleim recht geben, ein Täubchen schmeckt wirklich grundlegend anders als ein Hase. Zur Entschuldigung Ledeckýs wiederum ist zu sagen, dass er schon sehr lange weder einen Hasen noch ein Täubchen gegessen hatte. Die Lebensmittelmarken für Geflügel und die Marken für Schweinefleisch waren die ersten, die den Juden weggenommen wurden. Geflügel ist ein Luxusessen, meinten die Deutschen, und Schweinefleisch essen religiöse Juden sowieso nicht. Und die nicht religiösen sollten sich anpassen oder religiös werden. Dann werde es ihnen auch nicht fehlen.

Nach und nach nahm man ihnen auch die restlichen Marken weg, so dass die Rationen im Ghetto im Grunde den Rationen für Juden in Prag und in anderen Städten entsprachen. Der Haken aber war, dass es im Ghetto keinen Schwarzmarkt gab.

Viele Ghettobewohner, vor allem die weniger wohlhabenden, die es sich auch in Prag (und in anderen Städten) nicht leisten konnten, auf dem Schwarzmarkt einzukaufen, waren auf Grund dessen der Meinung, sich mit dem Wechsel ins Ghetto nicht so sehr verschlechtert zu haben. Das Essen war hier im Grunde gleich, und im Gegensatz zu dort waren die Juden hier zum Beispiel von den öffentlichen Verkehrsmitteln nicht ausgeschlossen, wenngleich es hier keine öffentlichen Verkehrsmittel gab, wozu auch, ich bitte Sie, wenn Sie das ganze Ghetto in fünf Minuten zu Fuß durchqueren konnten, so war das doch ein angenehmes Gefühl ... Außerdem gab es hier viele kulturelle Einrichtungen, zu denen früher die Juden keinen Zugang hatten. Und letztendlich gingen die Transporte von hier genau so wie von Prag (oder den anderen Städten). Sehr unangenehm hier war allein, dass man gezwungen war, nur mit Juden zu verkehren. Aber in Anbetracht dessen, dass in Prag (und den anderen Städten) die Juden den Judenstern trugen und mit Ariern nicht verkehren durften, war der Unterschied dann doch wieder nicht so groß.

Als Toni seine Portion gegessen und sich die Hände mit dem Taschentuch abgeputzt hatte, fragte ihn Ledecký: „Na, hat's geschmeckt?"

„Ja sehr", sagte Toni.

„Dann können wir es dir jetzt sagen", sagte Ledecký.

„Was", sagte Toni.

„Dass das Fleisch von Fifinka ist", sagte Ledecký. „Aber mach dir nichts draus. Auch ich habe mir zuerst Vorwürfe gemacht. Aber wenn es so ausgezeichnet schmeckt."

Und wie zur Bestätigung seiner Worte griff er noch einmal nach einem Schenkel.

„Na na", sagte Jenda Schleim, „du musst nicht alles alleine fressen."

„Das ist erst die dritte Portion", sagte Ledecký. Und er nahm den Schenkel und biss rein. Er machte nicht den Eindruck, deswegen die geringsten Gewissensbisse zu haben. Weder gegenüber Jenda Schleim, noch gegenüber Fifinka.

„Ich mache mir keine Vorwürfe", sagte Toni. „Ich verstehe es nur nicht. Ich kenne keine Fifinka."

Aber das sagte er nur so, in Wahrheit ahnte er schon, worum es ging.

„Fifinka", sagte Jenda Schleim, „ist, besser war, der Hund des Herrn *Esessturmbannführer*. Genau gesagt, sein Dackel."

Und dann schilderte er Toni kurz und knapp, wie sie hinter Fifinka, also hinter dem Dackel des Herrn *Esessturmbannführer*, her waren, in der guten Absicht, sich seiner anzunehmen und sich um ihn zu kümmern, wie es ihnen aber verunmöglicht wurde, da das Biest, also das Hündchen, so laut zu bellen anfing, dass der Herr *Esessturmbannführer* wach wurde, es war nämlich Nacht, und dass sie dann, obwohl sie es nicht wollten, doch gezwungen waren, das kleine Ungeheuer am Hals zu packen, ja, und weiter müsse er wohl nicht erzählen...

„Ihr habt ihn also erwürgt", sagte Toni. Ein beklemmendes Gefühl im Magen überkam ihn.

„Aber nicht doch", sagte Jenda Schleim. „Keiner von uns würde sich doch mit einer erwürgten Fifinka vollstopfen. Das würde uns ekeln. Wir haben sie entsprechend den Regeln abgestochen. Und dann haben wir sie portioniert. Líza hat es kontrolliert. Auf jeden kommen drei Portionen. Du kannst dir noch nehmen."

„Ich will nicht mehr", sagte Toni. „Wir wollten sie doch schützen."

„Mach keine Witze, Toni", sagte Jenda Schleim. „Wie hätten wir sie schützen sollen, wenn sie gleich auf mich losgegangen ist. Das war ein furchtbar verwöhnter Hund. Ich wette, sie legte keinen Wert darauf, dass wir sie beschützen. Beim Herrn *Sturmbannführer* hatte sie es hervorragend. Angeblich bekam sie dort auch Spinat."

„Das ist möglich", sagte Ledecký und biss in die andere Seite des Schenkels rein. „In noblen Familien haben es solche Hunde gewöhnlich gut. Wir hatten einen Dobermann, er hieß Alfred." Und dann, obwohl er gewöhnlich über seine adelige Vergangenheit nicht viel sprach, fing Ledecký an, ausführlich von allen Hunden in seiner Familie zu erzählen. Vom Windhund, der der Geliebten des Großvaters Ledecký aus Ullenstein gehörte, bis zu der kleinen Dogge des Pförtners Nováček im Schloss in Vratimovice, dem derzeitigen Sitz des Freiherrn *Esesobergruppenführer* Buchholz.

Offensichtlich machte er sich Appetit.

Toni aber hörte ihm nicht wirklich zu. Er war traurig. Auch wenn er erst dachte, sie würden den Dackel anders nennen (Bobík oder Alfred), tat ihm doch auch Fifinka leid. Vielleicht noch mehr, als hätte er Bobík oder Alfred geheißen. Fifinka, das klang so hilflos. Bobík oder Alfred hätten Jenda Schleim wenigstens in den Arm beißen können. Aber Fifinka war zu schwach dafür.

„Sie ist nicht sonderlich gut genährt", sagte Mama Líza.

„Für einen Dackel ist an ihr reichlich Fleisch", sagte Erna.
„Und du, Ledecký, du solltest aufpassen, dass du dich nicht
überfrisst. Eine Hundefleischvergiftung soll gefährlich sein."
„Fifinka", sagte Ledecký und leckte sich die Lippen, „ist
sicher nicht giftig. Es war ein sympathisches Hündchen."
„Wäre Fifinka bloß nicht so ein kleiner Dackel", dachte
Toni. „Wäre sie eine Dogge oder ein Schäferhund. Manche
trainierte Hunde können auch einen Menschen zerfetzen."
„Der Hund", sagte Erna, „ist der Freund des Menschen.
So steht es, glaube ich, auch in der Bibel."
„Das stimmt nicht", sagte Ledecký. „Weder in der Bibel
noch im Talmud steht das. Und überhaupt hängt es davon
ab, wessen Freund er ist. Fifinka war, wie dir vermutlich bekannt ist, der Freund, oder eigentlich die Freundin, des
Herrn *Esessturmbannführer*. Und der Herr *Esessturmbannführer* ist entschieden nicht unser Freund."

„Trotzdem kommt es mir kulturlos vor", sagte Erna.

„Zufälligerweise", sagte Jenda Schleim, „wird auch bei
Shakespeare Hundefleisch gefressen."

„Das ist schon möglich", sagte Ledecký, „aber wenn du
jetzt sagst, dass Hamlet, als er sich von Ophelia trennte, aus
Kummer einen Dackel gefressen hat, werde ich es dir nicht
glauben."

„Du hast keine Ahnung, was Theater eigentlich ist", sagte
Jenda Schleim gekränkt. „Du bist ein ausgesprochen amusi-
scher Typ."

„Hört auf damit", sagte Erna. „Wir sollten uns nichts
vormachen. Fifinka könnte noch ruhig unter uns sein. Wir
hatten nur keine Geduld mit ihr. Wir wollten einen Tierschutzverein gründen, und den ersten Dackel, der uns über
den Weg läuft, töten wir, anstatt ihn zu schützen."

„Und was hätten wir tun sollen", sagte Jenda Schleim. „Ich konnte kein Fleisch auftreiben. Und du hast auch keines mitgebracht. Und dieses Fest mussten wir ausrichten, oder? Ich verstehe nicht, Erna, warum du dich auf einmal so aufregst."

„Ich rege mich nicht auf", sagte Erna. „Ich sage nur, dass wir nicht besonders stolz auf uns sein können. Und außerdem sehe ich, dass der Junge uns hier gleich losheult."

„Ich heule nicht", sagte Toni. Er spürte aber, wie ihm die Tränen über das Gesicht flossen.

„Es gibt auch keinen Grund dafür", sagte Ledecký. „Wisch dir die Augen. Hier bekommt man vom Weinen gleich einen Augenkatarrh."

Toni wischte sich mit dem Ärmel die Augen. Er wollte nicht das Taschentuch herausziehen. Das hätte dumm ausgesehen. Und außerdem war es fettig von Fifinka.

„Jeder Tierliebhaber macht hin und wieder Mist", tröstete ihn Ledecký. „Ich wette, auch eine Dame aus einem Tierschutzverein tritt manchmal auf einen Regenwurm."

„Sicher", sagte Toni. Und er lächelte ein wenig. „Du, Ledecký, ein Regenwurm, das ist doch auch ein Tier? Wie wäre es, künftig Regenwürmer zu schützen. Die gibt es hier zu genüge."

„Wer weiß, was wir künftig tun", sagte Ledecký melancholisch und fing an, die Schüssel auszulecken.

Da stand aber noch eine. Eine volle.

Als Toni die volle Schüssel sah, wurde es ihm wieder um Fifinka leid. „Wieso", sagte er, „erzählte Jenda Schleim vorher, ihr musstet Fifinka ,das', weil der Herr *Esessturmbannführer* dabei war. Und jetzt sagte er, dass ihr sie ,das' musstet, weil ihr Fleisch für ein Fest gebraucht habt. Vom Herrn *Esessturmbannführer* ist auf einmal keine Rede mehr."

„Weil er nicht dort war", sagte Jenda Schleim. „Aber es hätte ohne Weiteres passieren können, dass er kommt."

Damit hatte er Toni aber keineswegs beruhigt. Toni kannte dieses „es hätte passieren können" von Herrn Abeles und Herrn Löwy zu gut. Zum Beispiel ließ sich Herr Löwy, obwohl die Sonne schien, den Trenchcoat bringen. „Jetzt scheint die Sonne", sagte er, „aber es kann passieren, dass es zu regnen anfängt. Nur eines kann nicht passieren, dass vom Himmel Zitronen fallen. Und auch das kann manchmal passieren, was wissen wir schon. Es gibt Dinge, die passieren können, und Dinge, die nicht passieren können. Und doch passiert es manchmal, dass auch das passiert, was nicht passieren kann. Aber wenn auch nicht genau das passiert, so kann wiederum etwas anderes passieren."

Deshalb ist Toni darauf nicht hereingefallen. „Also musstet ihr Fifinka ,das' ganz umsonst", sagte er.

„Also gut, ich erzähle dir, wie es war", sagte Jenda Schleim. „Wir hätten sie ,das', ehrlich gesagt, nicht müssen. Aber wir haben sie ,das', ehrlich gesagt, wollen. Verstehst du. Wir haben nämlich erfahren, dass hier unser Alba Feld einen kleinen, hübschen Zettel erhalten hat, dass er sich da und dort einzufinden hat ..."

„Er wurde zum Transport vorgeladen", sagte Mama Líza.

„Und das ist doch eine ernste Sache, nicht wahr", sagte Jenda Schleim. „Jedenfalls so ernst, dass wir für unseren Alba hier ein Abschiedsessen ausrichten mussten. Und dass wir die Fifinka ,das' mussten."

„Das musstet ihr nicht", sagte Toni. Er mochte es nicht, wenn man so belehrend mit ihm sprach. Er kannte diese ernsten Dinge. Einmal, noch in Prag, hatte er schon Eintrittskarten für einen Film mit Pat und Patachon, da kam Mama Líza damit, er könne nicht gehen, es sei etwas Ernstes passiert, Onkel Harry sei gestorben. Ein andermal musste er in der Pause ein Fußballspiel beim Stand von 2:1 für die *Klajdrkamr* verlassen, weil Oma Poláková sich den Arm gebrochen hatte. Und jetzt ist wieder etwas Ernstes passiert. Es hat Alba Feld mit dem Transport getroffen. Und deswegen haben sie Fifinka gefressen. Toni war damit zutiefst nicht einverstanden. Es erschien ihm ungerecht.

„So sieht es aus", sagte Alba Feld. „Jetzt weißt du alles. Also nimm noch ein Stück vom Fleisch."

Er sagte dies für seine Verhältnisse unglaublich leise. Toni schien es sogar, als hätte es ihm die Kehle zugeschürt. Trotzdem aber nahm er sich nichts mehr.

„Nein, danke, Alba, ich habe wirklich keinen Appetit."

Beim besten Willen, er konnte Fifinka nicht essen. Er müsste sich immer sagen, dass es Bobík ist oder Alfred.

„Wohin gehst du eigentlich, Alba", sagte dann Jenda Schleim.

„Ziel unbekannt", sagte Alba Feld verbittert.

„Wahrscheinlich ginge er lieber irgendwohin, wo er schon einmal war", dachte Toni. Er selbst ging auch lieber nach Hamr am See, wo sie jedes Jahr hingefahren waren, als etwa nach Dobřichovice, das er nicht kannte.

„Wo du auch hingehst", sagte Jenda Schleim, „es gibt dort sicherlich ein Theater. Das Theater kommt überall hin. Das ist meine Theorie."

„Das ist aber eine dumme Theorie", sagte Ledecký. „Am Nordpol zum Beispiel gibt es kein Theater."

„Weil dort keine Menschen leben", sagte Jenda Schleim. „Nur Eisbären. Und die sind genau so amusisch wie du. Aber sollte es tatsächlich dort in Polen zufällig kein Theater geben", sagte Jenda Schleim, „dann denke heute in vierzehn Tagen an mich, Alba. Ich habe da die Chlestakow-Premiere."

„Macht euch um mich keine Sorgen, Jungs", sagte Alba Feld. „Ich komme zurecht."

„Er kommt zurecht", dachte Toni. An einem Torwart ist man überall interessiert. Ein Stürmer oder ein anderer Feldspieler, der im Ghetto auf dem kleinen Spielfeld im Hof der Hannoverkaserne hervorragend war, musste sich auf einem normalen Spielfeld nicht unbedingt bewähren. Ein Torwart aber bringt überall sein Können zur Geltung.

„Du", sagte Ledecký, „meinst du nicht, eine Reklamation könnte helfen? Du hast doch sicher in der Magdeburger eine Menge Kumpels."

„Nein", sagte Alba Feld. „Jetzt nicht mehr. Aber ich bitt euch, macht jetzt nicht Gesichter wie auf einer Beerdigung. Es tut mir auch leid, dass ich weg muss. Aber heule ich deswegen? Ich heule nicht. Letztendlich war ich hier wie zu Hause. Ich hab das hier aufgebaut. Aber was kann man machen? Ich werde Heimweh haben", sagte Alba Feld und patschte Schwester Lili und Mama Líza auf den Hintern, „aber ich heule nicht."

Keine von beiden aber kicherte jetzt. Es war ihnen bewusst, wie ernst dieser Augenblick war.

„Möchtest du es zum Abschied mit denen nicht noch einmal treiben", sagte Jenda Schleim.

„Nein", sagte Alba Feld, „danke. Ich will vor der Reise nicht müde werden."

Dann unterhielten sie sich noch über alles mögliche.

Jenda Schleim versuchte Toni zu überreden, noch ein Stück Fifinka zu nehmen. „Warum auch nicht", witzelte er. „Jetzt kannst du doch. Regenwürmer sind doch jetzt das Einzige, was du nicht essen darfst."

Also nahm sich Toni noch.

Später sagte er, auch wenn er sich dafür ein bisschen schämte, es habe ganz gewöhnlich geschmeckt. Wie ein ganz normaler Hund.

# 5. Kapitel

das von der geheimnisvollen Schachtel handelt
und später auch davon, was darin war.

Toni hatte zu viel von Fifinka gegessen. Einige Tage hatte er Magenprobleme. Es war ihm sogar gelungen zu erbrechen, was im Ghetto als ausgesprochener Luxus galt. Bald hatte er aber seinen alten gesunden Appetit wieder. Die alten Herren nannten diesen Appetit Hunger. Im Grunde handelte es sich dabei nur um eine Frage der Ausdrucksweise. Toni hatte nie Hunger. Die jungen Leute im Ghetto hatten größere Essensrationen als die Alten, und immer wieder verstanden sie es, diese noch aufzubessern. Mama Líza zum Beispiel brachte Toni jede Woche einen Knödel aus der Küche mit. Oft entschuldigte sie sich, nicht mehr mitgebracht zu haben. „Ich konnte nichts auftreiben, mein Junge", pflegte sie dann zu sagen. In letzter Zeit jedoch brachte sie ihm öfters zusätzlich noch ein Viertel Brot.

Nach der Abfahrt Alba Felds war sie nämlich nicht mehr mit einem der Jungs zusammen, sondern mit dem glatzköpfigen Eda Spitz aus der Bäckerei. Toni war er nicht sympathisch. Vielleicht war er ein ganz anständiger Mensch, aber Toni fand, für Mama Líza war er zu bieder. Dass er in der Bäckerei Brot klaute, sprach zwar für ihn, aber so viel hatte es nun auch nicht zu bedeuten. Im Ghetto klaute ja jeder, wo er nur konnte.

Er war deshalb schlecht gelaunt. Außerdem langweilte er sich ziemlich seit der Abfahrt von Alba.

Fußball spielte man nicht. Die Herren zankten sich weniger als sonst. Herr Kohn aus der Geniekaserne tauschte keine Bücher mehr mit Herrn Löwy. Erna war nicht zu erreichen. Toni schaute einige Male auf der Mansarde nach ihm, erreichte dort aber niemanden.

Und so war er froh, als wenigstens Ledecký ihn besuchte. Er schleppte eine große weiße Schachtel an.

Sie war zwar nicht ganz weiß, eher gelblich, aber für Ghettoverhältnisse war sie verhältnismäßig weiß.

„Was ist da drin", fragte Toni gleich.

„Wart ab und üb dich in Geduld", sagte Ledecký und machte es sich auf dem Bett gemütlich.

Toni, der es nicht mochte, einfach so mit einem Spruch abgefertigt zu werden, fragte also nicht weiter, ließ aber die Schachtel nicht aus den Augen.

Ledecký legte sie neben sich an den Bettrand.

Damit weckte er den Unmut von Herrn Glaser & Söhne.

„Fremde Gegenstände legt man nicht aufs Bett", sagte er. „Das ist unhygienisch."

„Die Schachtel", sagte Ledecký, „ist vielleicht sauberer als ich."

„Sie sollen sich ja auch nicht aufs Bett setzen", sagte Herr Glaser & Söhne. „Hätte *Schwester* Maria Louisa Dienst, die würde es Ihnen schon zeigen."

„Aber heute hat Schwester Anna Dienst", sagte Toni.

„Was aber keine Garantie dafür ist, dass *Schwester* Maria Louisa nicht doch vorbeikommt", sagte Herr Glaser & Söhne. „Auch die Oberschwester kann vorbeikommen."

Dann ließ er sich über die Ordnung aus. Wie manche Menschen sie nicht einhalten könnten.

Inzwischen drängte Toni Ledecký, ihm doch zu verraten, was in der Schachtel sei.

Ledecký wollte es ihm aber nicht sagen.

„Zuerst müssen wir einige wichtigere Dinge erledigen", sagte er, und zog einen in Papier eingewickelten Knödel aus der Tasche. „Das schickt dir Erna."

„Danke", sagte Toni und biss in den Knödel. Er war nicht gerade von den frischesten, aber er war nicht schlecht.

„Wohin darf ich das Papier werfen", fragte Ledecký. Offensichtlich wollte er Herrn Glaser & Söhne damit beweisen, dass er Sinn für Ordnung hatte.

Herr Glaser & Söhne quittierte es mit Befriedigung.

„In den Abfallkorb", sagte er. „Der ist im Gang. Hier im Zimmer brauchen wir keinen. Ich bitt Sie, wieviel Abfall machen schon sechs Leute?"

Er hatte recht. Im Ghetto warf man nur wenig weg. Herr Professor Steinbach schälte zwar die Kartoffeln und warf dann die Schalen weg. Aber dafür brauchten sie nicht eigens einen Korb für Abfälle.

Als Toni den Knödel aufgegessen hatte, sagte Ledecký etwas unlogisch: „Erna lässt fragen, ob du Hunger hast."

„Nein", sagte Toni. „Ich habe alles, was ich brauche."

„Líza versorgt dich", informierte sich Ledecký.

„Ja", sagte Toni. „Sie geht jetzt mit Eda Spitz, weißt du."

„Dann hast du jetzt also genug Brot", sagte Ledecký.

„Ja", sagte Toni.

Er ließ dabei aber durchblicken, dass er von dem glatzköpfigen Eda Spitz nicht gerade begeistert war. Er sagte dann auch etwas in diesem Sinne.

Ledecký war damit aber nicht einverstanden.

„Eda Spitz", sagte er, „ist zufälligerweise ein prima Kerl. Es stört dich nur, dass du ihn nicht kennst. Du hast dich schon an Alba gewöhnt. Aber Eda ist echt ein guter Kerl."

„Schon möglich", sagte Toni. „Aber an ihn gewöhne ich mich wahrscheinlich nicht. Ich kenne mich. Ich gewöhne mich normalerweise schnell an jemanden. An Jenda Schleim habe ich mich in zwei Tagen gewöhnt. An Alba in einer Woche. Und damals bei Erna hab ich nicht einmal einen Tag gebraucht."

„Dann kann man eben nichts machen", sagte Ledecký. „Und was ist mit deinen Tieren? Beschäftigst du dich noch mit diesem Verein?"

„Natürlich", sagte Toni. „Dauernd denke ich daran."

Das war nicht so ganz die Wahrheit. In letzter Zeit widmete er sich dem Tierschutzverein weniger als früher. Er war doch ein bisschen enttäuscht. Und solange er noch die Magenprobleme hatte, verbot er sich ausdrücklich, an Tiere auch nur zu denken. Aber das konnte er jetzt nicht zugeben. Außerdem war er ganz froh, sich nicht mehr über Eda Spitz unterhalten zu müssen.

„Willst du immer noch nur Regenwürmer schützen", sagte Ledecký.

„Nein", sagte Toni. „Im Gegenteil. Weißt du, je länger ich darüber nachdenke, um so mehr glaube ich, dass Regenwürmer nicht das Richtige sind. Solch starke Jungs wie du und Erna oder Jenda Schleim sollten keine Regenwürmer schützen. Das passt doch nicht, das ist etwas für kleine Jungs. Ich hatte die Idee, jeder sollte sich um die Tiere kümmern, die er gern hat."

„Da ist was dran", sagte Ledecký. „Erna zum Beispiel könnte Kanarienvögel in Obhut nehmen. Einmal erzählte er, dass sie zu Hause einen Kanarienvogel hatten, einen Pepík."

Dann wurde er für einen Moment nachdenklich.

„Der Haken daran ist", sagte er, soweit ihm, Ledecký, bekannt sei, gäbe es im Ghetto keine Kanarienvögel. Das müsste er, Ledecký, wissen.

Herr Glaser & Söhne war da anderer Meinung. „Wie kann jemand so etwas wissen", protestierte er, „im Ghetto weiß niemand etwas mit Sicherheit. Nicht einmal weiß man, was morgen mit einem selbst sein wird." Wie sollte man also wissen, ob es im Ghetto Kanarienvögel gibt oder nicht.

Ledecký aber sagte, es gehe nicht darum, welche Tiere es im Ghetto gäbe und welche nicht, sondern darum, wer wen schütze. „Ich könnte vielleicht Pferde in Obhut nehmen", sagte er. „Früher habe ich reiten gelernt. Ich könnte es auch den Jungs beibringen."

Herr Löwy machte ihn aber darauf aufmerksam, dass er als Mitglied des Tierschutzvereins beim Reiten keine Sporen benützen dürfe.

„Das ist selbstverständlich", sagte Ledecký.

Darauf erklärte Herr Löwy, dass manche dieser Biester sich nicht einmal mit Peitsche, geschweige denn ohne Sporen, zähmen ließen.

Aber Ledecký sagte, er komme mit seinem Pferd schon klar. „Ich benutze doch nicht Peitsche oder Sporen, wenn ich deswegen aus unserem Verein ausgeschlossen werden könnte. Das würde ich doch nicht riskieren, nicht wahr, Toni." Dann sagte er, Jenda Schleim könnte sich um Bären kümmern. „Der Bär", sagte er, „das ist ein Theatertier. Es kommt doch auch einer in der Verkauften Braut vor."

Als Herr Löwy den Einwand vorbrachte, dass der Bär in der Verkauften Braut gar kein Bär sei, sondern dass es sich dabei um Vašek handele, sagte Ledecký, dass das doch egal sei, dass am Anfang jeder denke, es sei ein Bär, dass er, Ledecký, es zuerst auch gedacht habe, und so könne man ruhig sagen, dass es in der Verkauften Braut einen Bären gäbe, weil, auch wenn es da keinen gäbe, es da eigentlich doch einen gäbe. Damit hatte er Herrn Löwy dermaßen verwirrt, dass dieser zustimmte.

Dann vereinbarten sie noch, dass sich Toni weiterhin nur der Hunde annehme.

„Auch wenn du letztendlich Fifinka gegessen hast", sagte Ledecký, „so hast du doch von allen Jungs das beste Verhältnis zu Hunden. Das war schon daran zu erkennen, wie lange du mit dir ringen musstest, bis du dich schließlich über Fifinka hergemacht hast. Und sie schmeckte dir auch nicht so gut, wie sie uns anderen schmeckte."

„Sie schmeckte mir nicht", sagte Toni. Und ein wenig grinste er dabei. Sein Magen war immer noch nicht ganz in Ordnung.

Dann wandte er sich wieder mit voller Aufmerksamkeit der geheimnisvollen Schachtel zu. „Was könnte da nur drin sein", fragte er sich. Hie und da hatte er das Gefühl, ein Geräusch darin zu hören. Und auch die Tatsache, dass Ledecký von einem Moment auf den anderen die Rede auf den Tierschutzverein gelenkt hatte, fand er verdächtig. Aber er wollte Ledecký nicht mehr direkt fragen. „Wenn er sich so ziert."

Inzwischen interessierten sich auch die Herren für die Schachtel.

„Solche Schachteln", sagte Herr Löwy, „hatte ich für Margarine. Marke Sana. Oder Vitelo."

„Und Butter haben Sie nicht geführt", sagte Herr Glaser & Söhne herablassend.

„Die Butter", sagte Herr Löwy, „habe ich im Kühlschrank aufbewahrt."

Dann fing Herr Brisch an, die Schachtel zu untersuchen.

„Diese Schachtel", sagte er, „kommen maximal auf zwei *Ghettomark**". Damit wollte er andeuten, dass sie wahrscheinlich keinen großen Wert hatte.

Ledecký ließ sich davon aber nicht aus der Ruhe bringen. „Es geht nicht um die Schachtel", sagte er. „Es geht darum, was darin ist. Rat mal, Toni."

„Es ist etwas Lebendiges", sagte Toni.

„Erraten", sagte Ledecký. „Aber was?"

„Ein Regenwurm", sagte Toni.

„Pfui", sagte Ledecký. „Was dir so alles einfällt. Wie könnte ich dir einen Regenwurm ins Krankenhaus bringen."

„Dann ist es irgendein Käfer", sagte Toni ein wenig enttäuscht. Er mochte Käfer nicht besonders. Und außerdem hätte er einen Ohrwurm oder eine Küchenschabe auch selbst irgendwann fangen können. Auch in L 315.

„Das ist kein Käfer", sagte Herr Löwy. „Das muss etwas Größeres sein. Vielleicht ein kleiner Hund."

„Nein", sagte Ledecký. „Ein kleiner Hund ist es nicht. Mit dem Halten von kleinen Hunden haben wir keine guten Erfahrungen, nicht wahr, Toni."

„Genau", sagte Toni traurig. Und er erinnerte sich wieder daran, wie schlecht es ihm nach der Fifinkamahlzeit war.

„Und was mit kleine Echse", versuchte Herr Brisch zu erraten. „Wir als kleine Junge immer fangen kleine Echse."

„Nein", sagte Ledecký. „Eine Eidechse ist es auch nicht."

„Also ein Eichhörnchen", sagte Toni.

„Nie im Leben", sagte Ledecký. „Weißt du, wie groß die Schachtel sein müsste. Hast du noch nie ein Eichhörnchen gesehen."

---

* Im Ghetto sagte man, dass die Deutschen den Juden zwei große Geschenke gemacht hatten. Eine eigene Polizei, die *Ghettowache*, und eine eigene Währung, die *Ghettomark*. Die *Ghettowache* bewachte niemanden und für *Ghettomark* konnte man sich nichts kaufen.

„Doch, schon", sagte Toni. „Aber ich kann mich nicht mehr so genau erinnern."

„Es könnte auch ein Frosch sein", sagte Herr Löwy. „Als kleine Jungs haben wir im Weiher Frösche gefangen."

„Ich bitte Sie", sagte Herr Glaser & Söhne. „Wo sollte er hier einen Weiher hernehmen. Weit und breit ist doch kein Weiher. Weiher gibt es nur in Südböhmen."

„Manche Frösche können auch in einer Pfütze leben", verteidigte sich Herr Löwy. „Kennen sie nicht das kleine Gedicht:

In der Pfütze am Weg,
sitzt eine Kröte, schwer und träg."

„Das ist dichterische Freiheit", sagte Herr Glaser & Söhne. „In Wirklichkeit lebte noch nie ein Frosch in einer Pfütze. Und würde er doch in einer Pfütze leben, könnte er noch lange nicht in einer Schachtel leben."

„Dann gebe ich jetzt lieber auf", sagte Toni. Er konnte es nicht mehr länger aushalten.

Ledecký hob also den Deckel der Schachtel gerade so weit, dass Toni hineinschauen konnte.

„Eine Maus", sagte Toni. „Das ist ja toll."

Am liebsten hätte er losgejubelt. Aber er äußerte seine Freude lieber verhalten. Toni war für seine vierzehn Jahre ein sehr erfahrener Mensch, und er ahnte schon, dass nicht alle von seiner Maus begeistert sein würden. Und dass möglicherweise einige Leute ihretwegen die Nase rümpfen würden.

Dies bestätigte sich im Übrigen auch sofort.

„Eine Maus", sagte Herr Glaser & Söhne. „Das scheint mir aber gar nicht das richtige Tier für ein Krankenhaus zu sein."

„Auf jeden Fall passt sie besser hierher als ein Regenwurm," sagte Herr Löwy. „Wer weiß, wohin ein Regenwurm kriechen würde. Eine Maus kann man beaufsichtigen. Besonders, wenn sie in einer Schachtel ist."

Auch Herr Brisch, von dem Toni eher Unterstützung erwartete, hatte seine Vorbehalte. „Ich", sagte Herr Brisch, „nichts haben gegen Maus. Aber denken, dass besser weiße Maus. Die mehr passen in Krankenhaus. Hier alles weiß, auch Kittel von Schwester, auch Wand, auch Bett."

„Hier ist eher alles grau", sagte Ledecký, „so wie die Maus."

„Weil nicht waschen", sagte Herr Brisch. „Aber sonst sollte alles sein weiß in Krankenhaus."

„Zufälligerweise", sagte Herr Glaser & Söhne, „war die Wand früher nicht weiß, sondern blau. Und niemand hat sie je gewaschen. Wer hat denn so etwas schon gehört, dass man eine Wand wäscht."

Toni nutzte die kleine Unstimmigkeit unter den Herren, um sich bei Ledecký zu erkundigen, wie er mit der Maus umgehen und sie füttern solle und wie sie heiße.

Ledecký teilte ihm mit, dass die Maus Helga heiße, dass er mit ihr vorsichtig umgehen müsse und dass sie alles fresse, auch Papier.

„Papier haben wir genug", sagte Toni. „Ich könnte für Helga auch vom Klosett welches holen."

Weil aber die Herren nicht zu zanken aufhörten, entschied er sich, Schwester Anna zu rufen.

Schwester Anna kam sofort.

Als Toni ihr aber die Schachtel mit Helga zeigte, schrie sie ängstlich auf. Und als Toni sie dann von der absoluten Harmlosigkeit Helgas zu überzeugen versuchte und sie zu diesem Zweck aus der Schachtel ließ, ungeachtet dessen, dass Herr Adamson gerade sein Nachmittagsgebet sprach, stieg Schwester Anna auf Herrn Adamsons Bett und begab sich erst dann wieder herunter, als Toni Helga in die Schachtel zurückgesetzt und Herr Adamson zu Ende gebetet hatte.

Und als sie dann wieder festen Boden (den Fußboden) unter den Füßen hatte, nahm sie gegenüber Helga eine absolut negative Haltung ein. Sie begreife nicht, sagte sie, wie jemand überhaupt auf die Idee kommen könne, eine Maus ins Krankenhaus zu bringen.

Ledecký verteidigte sich aber. „Toni", sagte er, „soll eine Erinnerung an uns haben. Wenn wir ihm schon Fifinka aufgefressen haben."

„Wieso Erinnerung", sagte Schwester Anna.

„So eben", sagte Ledecký verlegen. „Ich habe nämlich die Vorladung zum Transport bekommen. Ich und auch Jenda Schleim."

„Ach so", sagte Schwester Anna.

Das hatte sie jetzt doch getroffen.

Auch wenn in letzter Zeit ein Transport nach dem anderen abging und die Ghettobewohner sich längst daran gewöhnt hatten, genossen die von den Transporten Betroffenen doch einen gewissen Respekt. Sie erregten zwar kein besonderes Mitleid und hatten auch keine Privilegien, aber mit jemandem zu schimpfen, nur weil er seinem Freund eine Maus ins Krankenhaus mitgebracht hatte, das ging wirklich nicht.

Und so strich Schwester Anna nur die Bettdecke auf Herrn Adamsons Bett glatt (sie hatte sie vorher etwas zerknüllt), warf einen Blick auf das Thermometer und ging.

Damit hatte sie eigentlich die Unterbringung Helgas im Zimmer genehmigt.

Auch die Herren wandten ihre Aufmerksamkeit von Helga ab, hin zu Ledecký.

„Wann abfahren", fragte Herr Brisch.

„Morgen", sagte Ledecký. „Ich habe die Nummer Ep 346."

„Das ist interessant", sagte Toni, „Alba hatte En 326."

„Möglich. Aber die Ep 346 ist besser", sagte Ledecký nachdenklich, „sie ist leichter zu merken. Hört sich wie irgendwelche Elektrowerke an."

„Ja", sagte Toni. „Aber es ist trotzdem merkwürdig, dass du gehen musst. Weißt du, ich dachte immer, du wärst geschützt."

„War ich auch", sagte Ledecký. „Aber dass sich mein Ururgroßvater auf dem Weißen Berg auf die Seite der Habsburger gestellt hatte, ist heute nichts mehr wert. Letztes Jahr nützte mir das noch, aber heute nicht mehr."

„Das ist schade", sagte Toni.

Dann fragte er Ledecký, wie viele Koffer er mitnehme.

„Einen", sagte Ledecký. „Und auf den Rücken einen Rucksack."

„Hm", sagte Toni. „Das ist wenig."

„Aber es reicht", sagte Ledecký. „Für das Wenige, was ich an Kleidung habe."

„Für deine Kleidung schon", sagte Toni, „aber mir ist noch etwas eingefallen."

„Und was", sagte Ledecký.

„Ob du nicht ein bisschen Hafer mitnehmen solltest",
sagte Toni. „Weißt du, wenn es dort, wo du hingehst, Pferde
gibt. Aber wenn du nur einen Koffer hast ..."
„Ich werde darüber nachdenken", sagte Ledecký.
Aber er lächelte so, dass Toni wusste, er würde es nicht
tun.
Dabei war Tonis Idee mit dem Koffer voller Hafer nicht
so dumm, wie sie erscheinen mag. Auch viele sogenannte
vernünftige und erwachsene Menschen im Ghetto überleg-
ten, lieber überhaupt nichts mitzunehmen, wenn es ihnen die
Deutschen sowieso wegnehmen. Warum also sollte Ledecký
nicht Hafer mitnehmen.
Ansonsten aber nahmen die meisten Leute vor allem
warme Sachen mit. Es kam zwar vereinzelt auch vor, dass
manche überzeugt waren, die Transporte gingen in warme
Länder. Irgendwohin nach Habeš oder Libéria. Aber auch die
hatten grundsätzlich nichts gegen Jägerunterwäsche und
Pullover. Ausziehen könne man sich ja immer noch.
Dann verabschiedete sich Ledecký von Toni. Er legte ihm
noch ans Herz, auf sich acht zu geben und manchmal auch
nach Mama Líza zu schauen.
„Ich versuche es", sagte Toni.
Aber er machte sich keine großen Hoffnungen. Mama
Líza nahm in der Regel ungern einen Rat an und von Toni
schon gar nicht. Einmal zum Beispiel, als Mama Líza mit
Jenda Schleim anfing, machte er dazu gewisse Bemerkungen.
Mama Líza reagierte aber nicht gerade freundlich darauf.
„Bin ich etwa nicht volljährig", sagte sie damals, und Toni,
der noch nicht volljährig war, schwieg dann lieber. Außer-
dem ging Mama Líza bald danach mit Alba Feld und so hatte
Toni keinen Grund mehr, darüber zu diskutieren. Jetzt hatte
sich allerdings eine andere Situation ergeben. Mama Líza ging

jetzt mit einem Menschen, den Toni viel weniger annehmen konnte als seinerzeit Jenda Schleim. Aber Toni befürchtete, wenn er versuchte, Mama Líza darauf anzusprechen, komme nicht mehr dabei heraus als damals. Mama Líza war stur. Toni hörte sie schon sagen: „Rede ich dir vielleicht in deine Angelegenheiten mit den Tieren rein?" Das wäre ihm sehr unangenehm. Vor allem jetzt, wo er Helga bekommen hatte. Er rechnete damit, dass sie ihm so oder so genug Sorgen machen werde.

Sie war offensichtlich zum ersten Mal in ihrem Leben in einem Krankenhaus und kannte die Krankenhausordnung nicht. Sie hatte noch keine Vorstellung davon, wie sie sich benehmen sollte.

Toni aber glaubte fest daran, Helga werde das mit der Zeit alles lernen.

# 6. Kapitel

das von Ernas Plan handelt.

Am nächsten Tag wachte Toni früh auf. Draußen dämmerte es noch. Er wollte sogleich nach Helga schauen, aber als er sich aus dem Bett lehnte, weckte er beinahe Herrn Glaser & Söhne auf. Deshalb tat er lieber, als ginge er aufs Klosett. Auf dem Weg begegnete er aber *Schwester* Maria Louisa, die sich daran störte, dass er im leichten Schlafanzug aufs Klosett ging. Sie erteilte ihm die Anordnung, unverzüglich den Flanellschlafanzug anzuziehen, sie werde es umgehend kontrollieren. Und so konnte er, auch als er vom Klosett zurück war, die Schachtel mit Helga nicht öffnen.

Und zu allem Überfluss erklärte Herr Glaser & Söhne gleich nach dem Wecken unmissverständlich, er habe kein Auge zugetan, weil das Tier die ganze Nacht einen fürchterlichen Krawall gemacht habe.

Herr Löwy fragte ihn daraufhin spöttisch, wieso ihn dann *Schwester* Maria Louisa nicht habe aufwecken können, Herr Glaser & Söhne jedoch sagte, das sei eine Ohnmacht gewesen, es passiere ihm öfters, dass er, wenn er nicht schlafen könne, in eine Art Erstarrungszustand verfalle.

Dafür, dass sich Herr Glaser & Söhne in einem Erstarrungszustand befunden habe, gab Herr Löwy zu bedenken, habe er ganz schön geschnarcht. Aber es nützte alles nichts, das Wohlwollen, mit dem die Herren gestern Helga aufgenommen hatten, war damit gestört. Und als Toni Helga danach aus der Schachtel ließ, machte ihn Herr Professor Steinbach, der ansonsten sehr verträglich war, darauf aufmerksam, dass es sich nicht gehöre, die Maus ausgerechnet in dem Moment freizulassen, wenn Herr Adamson bete.

Herr Brisch antwortete zwar treffend, Herr Adamson bete doch dauernd, wenn es also auf Herrn Adamson ankäme, die Maus für immer in der Schachtel eingesperrt bleiben müsste und nach und nach degenerieren würde, so wie es auch manchen Menschen ergehe, die nie das Bett verliessen, ganz zu schweigen von denen, die nie einen Spaziergang durch das Ghetto machten. Aber das änderte an der Beziehung der Zimmerbelegschaft zu Helga nicht viel. Im Gegenteil. Sogar Herr Brisch, wie Toni bemerkte, schüttelte sich, als ihm Helga über die Hand lief.

Herr Glaser & Söhne verbot danach kategorisch, dass sich Helga im Umkreis seines Bettes überhaupt bewege.

Auch als Erna kam, begrüßten ihn die Herren nicht sehr freundlich.

Herr Glaser & Söhne protestierte, das Krankenhaus sei kein Taubenschlag. Erst bringe Toni eine Maus hierher und jetzt auch noch den Freund.

Darauf jedoch sagte Herr Löwy, es sei wohl noch ein Unterschied zwischen einer Maus und einem Freund. Und auch Herr Brisch betonte, den Menschen mit einem Tier zu vergleichen sei Faschismus.

Darauf fragte ihn Herr Glaser & Söhne, ob er damit vielleicht andeuten wolle, dass er, Herr Glaser, ein Faschist sei.

Es schien jedoch, dass Erna dies gar nicht berührte. Ohne die Herren begrüßt zu haben, fing er sofort an, Toni aufgeregt die Abreise Jenda Schleims und Ledeckýs zu schildern. Herrn Glaser & Söhne, der sich lediglich dafür interessierte, wie schwer das Gepäck gewesen sei, fiel er ins Wort, er müsse doch wissen, dass man nur dreißig Kilo mitnehmen könne, worauf dieser definitiv beleidigt war, weil er natürlich wisse, dass man nur dreißig Kilo mitnehmen könne und ihn nur interessiere, ob man dieses Mal eine Ausnahme gemacht habe. Warum schließlich könnten die Deutschen nicht anordnen, bei diesem Transport dürfe man vierzig Kilo oder meinetwegen zwanzig Kilo mitnehmen. „Was können wir schon wissen, was den deutschen Herren so alles einfällt."

Toni wollte verhindern, dass der Streit ausuferte und bot Erna deshalb an, ihm Helga zu zeigen.

Erna aber war gekränkt. Er sagte, Toni denke gar nicht mehr an seine Freunde, sondern kümmere sich nur um seine Maus. „Ihnen dort geschieht ‚das'", sagte er, „und du hast hier nur diese Maus im Kopf."

„Stimmt gar nicht", sagte Toni und erklärte ihm, sehr wohl denke er an die Freunde, und das nicht wenig. Gestern sei ihm eingefallen, ob er nicht Jenda Schleim hätte darauf aufmerksam machen sollen, dass er sich um die Bären kümmern solle. Falls er dort einem begegnete. Angeblich gäbe es in den Karpaten noch genug Bären.

„Nur ob Bären nicht weglaufen vor der Front", sagte Herr Brisch.

Aber Erna hatte keine Lust, sich über Bären zu unterhalten.

„Hättest du die Viehwaggons, in denen sie weggefahren sind, gesehen, würdest du dich nicht um Bären kümmern. Sie wurden reingepresst wie Heringe."

„Du", sagte Toni, „Hering und Sardine, ist das der gleiche Fisch?"

„Ich weiß nicht", sagte Erna. „Es ist mir jetzt auch völlig egal. Ich hab jetzt andere Sorgen."

„Welche", sagte Toni.

„Ich habe beschlossen, ich fahre in diesen Viehwaggons nicht weg", sagte Erna.

„Na klar", sagte Toni. „Das ist wahrscheinlich sehr ungemütlich. Und wie wirst du dann fahren?"

Es war aber klar, mit den Viehwaggons bezog sich Erna nicht nur auf das Beförderungsmittel, er lehnte es vielmehr ab, auf egal welche Weise aus dem Ghetto transportiert zu werden.

„Ich gehe nirgendwo hin", sagte er entschlossen. „Ich verzieh mich lieber hinter die Schanze."

Sich hinter die Schanze zu verziehen bedeutete, aus dem Ghetto zu fliehen.

„Es ist irgendwie auch eine Frage der Ehre", sagte Erna, der ehemalige Pfadfinder.

Da war was dran. Auch wenn dies von den Ghettobewohnern niemand erwartete, war es doch gut, im Hinblick auf die Zukunft hin und wieder ein wenig zu protestieren. Selbstverständlich war die Flucht aus dem Ghetto bei Weitem nicht die einzig mögliche Form des Protests. Man protestierte auch anders. Beispielsweise, so erzählte Herr Löwy, entschied sich ein gewisser Herr Karl Weiß aus Wien, aus Protest gegen zu kleine Rationen für alte Menschen, in Hungerstreik zu treten. Innerhalb einer Woche jedoch starb er. Weil aber in dieser Woche im Ghetto noch etwa hundertsechzig andere Menschen an Hunger starben, die nicht im Hungerstreik waren, nahm niemand Kenntnis davon. Ein andermal wiederum, wie Herr Glaser & Söhne erzählte, ging ein gewisser Fantl aus Vinohrady vor der Magdeburger Kaserne auf und ab und rief, „Hitler ist ein Ochse". Weil zu diesem Zeitpunkt weit und breit kein Deutscher vor Ort war, entschied der schnellstens zusammengerufene Ältestenrat, ihn für zehn Tage ins *Ghettogefängnis*[*] zu sperren. Herr Fantl schrie dort

---

[*] Das *Ghettogefängnis* wurde, im Unterschied zum Gefängnis in der Kommandantur, nur von Juden, die der *Ghettowache* angehörten, bewacht und

aber weiter, weshalb er unverzüglich in die Psychiatrie verlegt wurde. Dort hörte er angeblich auf damit, weil ihn die Verrückten begreiflicherweise nicht ernst nahmen.

Toni kannte all diese Beispiele, trotzdem bewunderte er Erna.

„Erna, du warst immer der mutigste von allen Jungs", sagte er.

„Ach was", sagte Erna. „Das würde jeder tun. Es ist einfach keinem von den Jungs eingefallen."

„Vielleicht", sagte Toni. „Vielleicht würden sie es aber auch nicht tun", dachte er. Ledecký war ja doch grundsätzlich immer für Ordnung. Und Alba Feld sagte, als man einmal über Fluchtmöglichkeiten aus dem Ghetto sprach, er könne nicht fliehen, weil er eine so auffallende Erscheinung sei.

Das stimmte schon, aber Erna wiederum könnte sich damit herausreden, rothaarig zu sein und Sommersprossen zu haben. Aber er redete sich nicht heraus.

„Du bist fast ein Held", sagte Toni zu ihm.

„Nein", sagte Erna, „das bin ich nicht. Ich bin nur der Meinung, man muss einfach etwas unternehmen."

„Auch ich wollte etwas unternehmen", sagte Toni. „Deshalb war ich für den Verein. Und jetzt habe ich Helga."

„Das ist nur ein Spiel", sagte Erna.

„Alles sein Spiel", sagte Herr Brisch. „Wo enden Leben und wo anfangen Spiel? Ich das nicht wissen. Das, was machen der kleine Mann mit Bärtchen und Haar in der Stirn, sein auch Spiel. Und hat Einfluss auf das Leben. Aber sonst ich mit Ihnen einverstanden. Nur aktive Widerstand hilft. Das den Deutschen imponiert."

---

war deshalb eigentlich kein Gefängnis. Meistens spielte man dort Karten. Wer das aber nicht konnte, langweilte sich ziemlich.

„Und warum unternehmen Sie dann nichts aktiv", meldete sich Herr Glaser & Söhne zu Wort. Er mochte keine Theorien. Er war ein Mensch der Praxis.

„Und wer Ihnen sagen", sagte Herr Brisch, „dass ich *nix* unternehmen. Ich vielleicht unternehmen und Sie nicht davon wissen."

Es war ganz gut möglich, dass Herr Brisch etwas unternahm und Herr Glaser nichts davon wusste. Herr Brisch ging nämlich jeden Sonntag weg. Toni hatte anfangs, als er Herrn Brisch noch nicht so gut kannte, sogar das Gefühl, dass er sich mit vermummten Männern traf, die eine Verschwörung planten. Welche Art von Verschwörung, das wusste er nicht genau, aber er stellte sich vor, sie wollten vielleicht die Magdeburger Kaserne in die Luft jagen. Über die schimpfte Herr Brisch nämlich oft.

Einmal vertraute er sich damit Herrn Löwy an, der aber hielt dies für unwahrscheinlich. Er vermutete eher, dass Herr Brisch am Sonntag zu seiner Frau ging. Toni aber wusste, dass Herr Brisch nicht zu seiner Frau ging. Sie ging nämlich schon seit über zwei Monaten mit dem kleinen Kontrolleur von der Metzgerei. Das aber konnte er Herrn Löwy nicht sagen.

Also erklärte er es sich dann so, dass Herr Brisch am Sonntag einfach einen Spaziergang machte. Vielleicht dachte er dabei an seine ehemalige Frau oder er machte sich über eine neue Weltordnung Gedanken, da war sich Toni nicht sicher. Aber wie auch immer, Herrn Brisch achtete er sehr.

„Herr Brisch ist Kommunist", machte Toni Erna aufmerksam.

„Ja", sagte Erna zerstreut. „Das dachte ich mir. Aber ich habe jetzt für dieses Gerede keine Zeit."

„Sein Kommunist", sagte Herr Brisch, „ist nicht Gerede. Sein Kommunist ist machen Tat. Und deswegen ich Sie dafür loben. Fliehen, das ist Tat machen."

„Der Meinung bin ich auch", sagte Toni. Und weil er das Gefühl hatte, dass Erna bestimmt noch die Sache mit Fifinka bedrückte, sagte er noch: „Weißt du, Erna, ich bin dir wegen Fifinka überhaupt nicht mehr böse. Zum einen habe ich jetzt Helga. Und dann glaube ich auch, dass es Alba wirklich geholfen hat. Wenigstens ging er ordentlich satt in den Transport. Es war schon richtig, dass ihr Fifinka gebraten habt."

„Ich weiß nicht", sagte Erna. „Meiner Meinung nach sollte man Hunde nicht essen. Ich war von Anfang an dagegen."

„Wieso, von Anfang an", wurde Toni stutzig. „Ich dachte, ihr habt für Fifinka ‚das' entschieden, erst als Alba die Vorladung zum Transport bekommen hat."

„Leidenschaft macht blind", sagte Erna. „Es war schon längst vorher entschieden. Das hat dir Jenda Schleim nur eingeredet, damit du nicht traurig bist."

Dann versank er in Gedanken über das Schicksal von Jenda Schleim.

„Der Arme", sagte er, „er hatte sich so auf diesen Chlastakow gefreut."

„Chlestakow", korrigierte ihn Toni. Er merkte sich die Namen der Theaterfiguren. Ansonsten aber war ihm zum Heulen zumute. Das hätten sie ihm nicht antun sollen. „Es hatte doch keiner von ihnen", dachte er, „so großen Hunger. Und wenn sie schon Lust auf Hundebraten hatten, hätten sie wenigstens einen anderen Hund aussuchen können, nicht gerade Fifinka."

Er riss sich aber zusammen und sagte: „Siehst du, und ich dachte, es sei dir ganz recht, dass Jenda Schleim weggeht."

„Warum", sagte Erna.

„Ich dachte, du bist froh, dass du Schwester Lili wieder ganz für dich alleine hast", sagte Toni. Damit deutete er an, dass Schwester Lili in letzter Zeit öfters mit Jenda Schleim gegangen war.

„Ach was", sagte Erna, „Weiber sind nicht so wichtig. Keine ist es wert, dass Freunde ihretwegen Streit bekommen. Und in dieser Zeit schon gar nicht."

„Aber du hast doch mit Jenda Schleim auch wegen anderer Dinge gestritten", sagte Toni.

„Gerade deshalb, weil wir Freunde waren", sagte Erna. „Das verstehst du nicht."

Das konnte Toni akzeptieren. Daran hatte er sich schon gewöhnt. Es gibt einfach Dinge, die du mit vierzehn nicht begreifen kannst, auch wenn du dich auf den Kopf stellst. Solltest du sie trotzdem begreifen, so würdest du sie entweder falsch begreifen oder du würdest sie richtig begreifen, aber so oder so hättest du nichts davon, und so war es besser, sich damit abzufinden, sie nicht zu begreifen. Aber dass Erna hinter die Schanze abhauen wollte, das hatte Toni begriffen.

Sehr gut hatte er das begriffen.

„Du", sagte er. „Könnte ich nicht mit dir abhauen."

„Nein", sagte Erna. „Du bist noch zu jung."

„Aber wenn ich dir gerade damit nützlich sein könnte", sagte Toni. „Die jungen Leute tun doch überall allen leid. Auch hier im Ghetto bekommen sie die größten Rationen."

„Größere Rationen", sagte Herr Löwy, „bekommen die jungen Leute nicht, weil sie jung sind, sondern weil sie die Zukunft der Nation sind."

„Unsinn", sagte Herr Brisch und schaute dabei Professor Steinbach herausfordernd an, „Juden nicht sein Nation. Nation sein Deutscher oder Tscheche."

„Das ist mir egal", sagte Toni. „Ich will trotzdem abhauen. Und Helga nehme ich mit."

„Das dürfen Sie nicht, Toni", sagte Herr Löwy. „Die Schachtel ist doch ziemlich groß. Die würde Sie in Ihrer Beweglichkeit behindern. Was, wenn man auf Sie schießen würde."

„Meinen Sie", sagte Toni. Ihm wurde klar, dass er unter diesen Umständen Helga wohl wirklich nicht mitnehmen konnte. „Helga", sagte er sich, „ist ein kleines Tierchen", träfe man sie nur ein ganz klein bisschen, wäre es aus mit ihr. Und das wollte er nicht riskieren. Und außerdem deutete alles darauf hin, dass Erna ihn sowieso nicht mitnehmen würde.

Toni gab sich also damit zufrieden.

„Wenigstens kann ich mich ordentlich um Helga kümmern", sagte er sich.

Dann mischte sich Professor Steinbach in das Gespräch ein.

Offensichtlich ärgerte es ihn, dass er Herrn Brisch vorher nicht geantwortet hatte.

„Überlegen Sie sich das noch einmal, junger Mann", sagte er zu Erna. „Wovor flüchten Sie eigentlich? Vor den Transporten? Aber warum? Man sagt, die Transporte gehen nach Osten. Aber dort im Osten ist doch das Land unserer Vorfahren."

„Meine Vorfahren", sagte Erna, „stammen aus Kolín. Sie hatten dort eine Mühle."

Professor Steinbach beharrte aber auf seiner Meinung.

„Das Ghetto", sagte er, „dient eigentlich nur der Vorbereitung auf dem Weg in das Gelobte Land. Und Polen, wohin die Transporte gehen, ist die Umsteigestation." Und deshalb habe er, Professor Steinbach, keine Angst vor den Transporten.

„Und wie werden Sie sich, Herr Professor, dort im Heiligen Land verständigen", sagte Herr Löwy.

Dies war eine Anspielung darauf, dass sich Professor Steinbach mit dem polnischen Juden aus Holland, Herrn Adamson, der nur jiddisch sprach, nicht verständigen konnte, als dieser auf Zimmer 26 kam.

„Es ist Ihnen doch bekannt, meine Herren", sagte Professor Steinbach, „dass ich an der Universität in Tel Aviv Vorlesungen über tschechische Literatur halten werde. Ich kann dann natürlich von meinen Studenten verlangen, dass sie mit mir tschechisch sprechen. Das wird ihnen sogar von Nutzen sein."

Toni dachte, dass Herr Professor Steinbach ein guter Professor sein wird. „Er wird zwar niemanden abschreiben lassen, wenn sich aber jemand bei ihm entschuldigt, wird er denjenigen sicherlich erst das nächste Mal aufrufen."

„Und wenn Sie sich etwas kaufen wollen, Herr Professor", sagte Herr Glaser & Söhne. Auch ihm ging der Salonzionismus von Professor Steinbach auf die Nerven.

„Ich hoffe", sagte Professor Steinbach, „meine Position in der dortigen akademischen Gemeinde wird so solide sein, dass mir der Rektor einen Dolmetscher zur Seite stellt. Das könnte übrigens auch einer meiner Schüler sein. Aber, meine Herren", fügte er an, „wir sind, wie man so sagt, vom Thema abgekommen. Ich habe dem jungen Mann hier ans Herz gelegt, nicht voreilig zu handeln."

„Ich habe es mir sehr gut überlegt", sagte Erna. Offensichtlich beeindruckte es ihn nicht, dass Professor Steinbach irgendwann an der Universität in Tel Aviv Vorlesungen über tschechische Literatur halten wird. „Ich habe mich schon entschieden", sagte er. „Und kein Gerede hält mich davon ab."

Dann sagte er zu Toni, wenn er sich von ihm verabschieden wolle, könne er morgen um halb drei zur Schanze kommen, und empfahl sich dann den Herren.

„Erna ist toll", sagte Toni, nachdem Erna gegangen war.

„Sollte normal sein", sagte Herr Brisch melancholisch. „Junge Leute alle sollen revoltieren. *Erlauben die Herren*", sagte er und nahm die Geige.

Dann spielte er ungefähr zehn Minuten.

„Das war Mondscheinsonate von Beethoven", sagte er, als er geendet hatte. „Die Sonate so, wie Mond scheint. Aber darin ist auch Stück Revolte. Eine große Stück."

Toni bewunderte ihn dafür, wie gekonnt er seine Finger auf dem Hals der Geige bewegte. Nie hätte er gedacht, dass Herr Brisch so geschickt ist. Dann aber widmete er sich wieder Helga. Sie erschien ihm etwas unruhig in ihrer Schachtel. Wahrscheinlich reagierte sie auf die Musik.

# 7. Kapitel

das von dem peinlichen, von Toni verschuldeten Missverständnis zwischen Herrn Brisch und *Schwester* Maria Louisa handelt.

Toni saß angezogen auf seinem Bett. Dies war ziemlich riskant, weil *Schwester* Maria Louisa Dienst hatte. Toni verstieß damit eigentlich gleich doppelt gegen die Krankenhausordnung. Während der Liegezeit durfte er nicht auf dem Bett sitzen und schon gar nicht durfte er dort angezogen sitzen.

Toni konnte nur schwer seine Ungeduld zügeln. Und da *Schwester* Maria Louisa sowieso gerade dem Herrn Rat Breitfeld von Zimmer 6 ein Klistier verabreichte, bestand keine unmittelbare Gefahr, dass sie jetzt ins Zimmer kam. Und dass einer der Herren nach ihr klingelte, musste Toni nicht befürchten. Die Herren petzten nicht. Das rechnete ihnen Toni schon bei Dienstantritt von *Schwester* Maria Louisa hoch an. Er befürchtete nämlich, sie zeige noch weniger Verständnis als Schwester Anna, wenn sie einer der Herren auf Helga aufmerksam machte. *Schwester* Maria Louisa, eine ehemalige Nonne[*], hatte ihr ganzes Leben im Kloster in Čáslava verbracht und war peinlichst auf Sauberkeit bedacht. Sicherlich hielte sie Helga für ein schmutziges Tier. Toni

---

[*] Damit kein Missverständnis aufkommt. *Schwester* Maria Louisa, obwohl ehemals Nonne, war natürlich gemäß den Nürnberger Gesetzen Jüdin, wie das gesamte Personal und alle Patienten in L 315 und überhaupt alle Ghettobewohner. In der Zeit, als es Pflicht wurde, den Stern zu tragen, sollen die Nonnen in ihrem Kloster, so erzählte man, eine Ausnahme für *Schwester* Maria Louisa verlangt haben, aber offensichtlich hatte ihr das nichts genützt. Es war zwar nicht bekannt, ob sie damals den Stern trug oder nicht, jetzt aber war sie im Ghetto. Das sah jeder.

hätte ihr zwar eventuell beweisen können, dass sie reinlicher war als zum Beispiel Herr Adamson, aber er befürchtete, *Schwester* Maria Louisa nicht überzeugen zu können. Die Herren aber sagten ihr nichts.

Langsam verlor er die Geduld. „Wie spät ist es", fragte er vielleicht schon das zehnte Mal Herrn Löwy.

„Zwei Uhr und fünfundzwanzig Minuten nach Greenwicher Zeit", sagte Herr Löwy.

„In fünf Minuten muss ich dort sein", sagte Toni. „Und ich muss noch die Turnschuhe anziehen."

Er sagte nicht, dass er sich noch ein Köfferchen packen wollte. Für alle Fälle. Was, wenn es sich Erna doch noch überlegte und ihn mitnähme.

„Hätte nicht *Schwester* Maria Louisa Dienst", sagte er, „wäre ich schon längst dort."

Er meinte damit nicht nur, dass *Schwester* Maria Louisa schimpfte, würde er während der Liegezeit ausreißen, das ließe sich aushalten, auch wenn *Schwester* Maria Louisa einem ordentlich den Kopf waschen konnte. Sondern er dachte vor allem daran, dass *Schwester* Maria Louisa während der Liegezeit normalerweise die Haustür abschloss, so dass buchstäblich keine Maus weder aus L 315 noch in L 315 gelangen konnte. „Nicht einmal Helga käme hier jetzt raus", dachte Toni.

„Das ist eine Katastrophe", sagte er.

„Eine Katastrophe ist es nicht gerade", sagte Herr Glaser & Söhne, „aber es könnte daraus eine werden. Auch wenn *Schwester* Maria Louisa zweifelsohne eine sehr gewissenhafte Person ist, die Haustür sollte sie nicht abschließen. Was wäre, brächte man gerade jetzt einen schwerkranken Patienten."

„Für den Fall gibt es eine Klingel", sagte Herr Löwy.

„Und wenn sie nicht funktioniert", sagte Herr Glaser &
Söhne. „Ihnen ist doch klar, Herr Löwy, das hier ist kein
Kolonialwarenladen, das hier ist ein Krankenhaus."

„Wenn Liegezeit", sagte Herr Kurt Brisch, „keiner soll
sterben. Sterben soll Mensch zwischen zehn und zwölf Uhr
vormittag. Das ist Aufnahmezeit."

Er sagte dies zwar ironisch, den Herren aber erschien es
gar nicht so absonderlich. Im Ghetto wurden viele unlogi-
sche Verordnungen erlassen. Unlängst, so behauptete Herr
Löwy, erließ zum Beispiel die Kommandantur die Anordnung, nach der es einem Nichtarier verboten war, im Ghetto
mit einem Hund auf der Uferpromenade spazieren zu gehen.
Dabei durfte aber erstens ein Jude gar keinen Hund haben,
zweitens durfte ein Jude auf der Uferpromenade überhaupt
nicht spazieren gehen, drittens unterlag jeder Jude der Ar-
beitspflicht, das heißt, auch wenn er auf der Uferpromenade
hätte spazieren gehen und einen Hund haben dürfen, hätte er
dafür keine Zeit gehabt, viertens, selbst wenn er die Zeit gehabt hätte, hätte er dort nicht mit einem Hund spazieren
gehen können, weil er schon genug Sorgen damit hatte, sich
selbst von einer jüdischen Ration zu ernähren, geschweige
denn zusätzlich noch einen Hund, und fünftens gab es im
Ghetto gar keine Uferpromenade. Es gab dort nämlich keinen Fluss. Warum also sollten sich die Herren wundern, gäbe
es eine Anordnung, nach der man im Ghetto zwischen zehn
und zwölf Uhr vormittags zu sterben hatte.

Toni aber dachte über die möglichen Folgen, dass *Schwester* Maria Louisa die Tür abschloss, nicht theoretisch nach,
ihn störte die Tatsache, dass er nicht hinauskam und dass er
sich deshalb womöglich von Erna nicht mehr verabschieden
konnte. Zweifellos würde Erna nicht auf ihn warten. Erna
legte großen Wert auf Pünktlichkeit. Nicht dass er selbst

sehr pünktlich gewesen wäre, einmal ließ er Toni über eine halbe Stunde vor der Hannoverkaserne warten, aber von Toni verlangte er Pünktlichkeit. Toni war ja auch viel jünger als er.

Er vertraute sich Herrn Brisch mit seinen Sorgen an, und der war der Meinung, man müsse jetzt etwas unternehmen.

„Aber was können wir tun", sagte Herr Löwy, „wenn sie doch den Schlüssel hat."

„Wir ihn eben müssen von ihr bekommen", sagte Herr Brisch.

„Den gibt sie Ihnen nie", sagte Herr Glaser & Söhne. „Schwester Maria Louisa hat schon ihre Fehler, aber sie kennt ihre Pflichten. Sie darf doch den Hausschlüssel während der Liegezeit keinem Patienten aushändigen."

„Ich ihn auch nicht bei ihr bitten", sagte Herr Brisch. „Ich ihn ihr nehmen."

„Mit Gewalt", sagte Herr Löwy. „Ich mag es nicht, wenn man gegen Frauen Gewalt anwendet. Und schon gar nicht gegen ehemalige Nonnen."

„Kein Gewalt", sagte Herr Brisch, „wir anwenden Kriegslist."

Dann entflammte eine Diskussion, ob es zulässig sei oder nicht, gegen *Schwester* Maria Louisa eine Kriegslist anzuwenden. Herr Brisch vertrat die Meinung, gerade weil sie eine ehemalige Nonne sei und alle Nonnen Zöglinge der Jesuiten seien, dürfe man eine Kriegslist anwenden. Er behauptete, *Schwester* Maria Louisa würde gegen sie genau so vorgehen, er habe reichlich Erfahrung mit Nonnen und Pfaffen, sie alle seien Verfechter der Losung „Der Zweck heiligt die Mittel" und die Kriegslist sei ein solches Mittel, das den Zweck heilige, „weil dieser Junge", wie er sagte, „sein ganz verrückt danach, von Freund Abschied nehmen."

Herr Glaser & Söhne setzte dem entgegen, ein Mann müsse sich einer Frau gegenüber immer wie ein gut erzogener Mensch benehmen. Und ein gut erzogener Mensch führe keinen Krieg gegen eine Frau, auch nicht in Form einer List. Und schon gar nicht, wenn sie eine ehemalige Nonne sei. Das wäre so, als machte er, Herr Glaser, sich über die Frau vom Rabbi lustig.

Herr Löwy sagte, keiner wolle doch *Schwester* Maria Louisa lächerlich machen, es gehe nur darum, den Schlüssel zu bekommen. Und das sei wirklich nicht anders möglich, als ihr etwas aufzuschwatzen. Aber was?

„Das schon mir überlassen", sagte Herr Brisch und klingelte nach *Schwester* Maria Louisa.

Sie war wohl schon mit dem Klistier auf Zimmer 6 fertig, weil sie bereits nach wenigen Sekunden erschien.

Wer weiß, wodurch *Schwester* Maria Louisa den Herren eine solche Angst einjagte. Eigentlich war sie überhaupt nicht strenger als die anderen Schwestern. Mit Ausnahme von Schwester Anna. Vielleicht weil sie auf ihre besondere Art perfekt war. Wenn sie um fünf Uhr Dienst hatte, kam sie fünf Minuten vor fünf, die Spritzen setzte sie so, dass man fast nichts spürte, in ihrem Dienst ging nichts zu Bruch, nichts wurde verschüttet. Oder war es, weil sie so peinlichst auf Ordnung achtete? Als einmal ein Luftzug ihr beinahe das Häubchen vom Kopf riss, rannte sie aus dem Zimmer und kehrte erst zurück, als ihre Haare wieder vollkommen bedeckt waren. Das verschaffte ihr Respekt.

„Was sich wünschen die Herren", sagte sie. Den Großteil ihres Lebens, wie schon erwähnt, hatte sie im Kloster in Čáslava verbracht, aber tschechisch sprach sie genauso wie Herr Brisch aus Berlin, vielleicht sogar noch schlechter. Den Herrgott störte dies wohl nicht.

„*Geben Sie mir den Schlüssel*", sagte Herr Brisch. Und damit Toni ihn verstand, übersetzte er: „Mir geben den Schlüssel".

Dass er sie in seiner Muttersprache ansprach, zeugte davon, wie wichtig es ihm war, den Schlüssel für Toni zu bekommen. Herr Brisch wollte nämlich nichts mehr mit seinem Volk zu tun haben, wie er oft betonte. Deshalb lernte er tschechisch. „Nach Krieg", sagte er, „man wird sehen. Wenn Deutscher wieder anständige Mensch, werde heimkehren, aber wenn er so ein *Schweinehund* wie jetzt, nicht zurückkehren und gehen in die Tschechei." Einstweilen aber lehnte er es grundsätzlich ab, in der Sprache zu sprechen, in der Adolf Hitler seine Reden hielt.

„*Was für ein Schlüssel*", sagte *Schwester* Maria Louisa.

„Sie wundert sich, was ich brauchen Schlüssel", flüsterte Herr Brisch Toni zu. Es machte ihm Spaß, *Schwester* Maria Louisa zu ärgern. Herr Brisch war als Kommunist prinzipiell ein Feind aller Kleriker. Man sah ihm aber an, dass er die ganze Sache nicht nur aus Überzeugung machte, sondern auch mit großer Lust. Obwohl er ununterbrochen fast zehn Minuten auf Schwester Maria Louisa einredete, sah es erst nicht danach aus, als könnte er etwas erreichen.

„Sie aus Čáslau, ich aus Berlin", zischte er wütend, „aber sie mehr preußisch."

„Zu was Sie brauchen Schlüssel", wiederholte *Schwester* Maria Louisa mehrmals, „Patient nicht brauchen öffnen Tür vom Haus."

Gewissermaßen hatte sie natürlich Recht. Wozu brauchten Patienten, die ans Bett gefesselt waren, einen Hausschlüssel. Das war schwer zu rechtfertigen.

Zum Glück hatte Herr Brisch eine Idee. „Wir nicht öffnen", sagte er, „wir nur haben Wette, ob ich Schlüssel bekommen."

„Wissen Sie, *Schwester*", griff Herr Löwy sofort die Idee auf, „Herr Brisch behauptet, er sei aus Eisen, und ich und Herr Glaser, wir behaupten, er sei aus Messing. Deswegen wollen wir ihn ausleihen."

Toni schaute Herrn Löwy voller Bewunderung an, wie wunderschön er lügen konnte.

„Er lügt wie gedruckt", flüsterte angewidert Herr Glaser & Söhne. „Das hat er von diesem Kolonialwarenladen. Wer weiß, was für Ware er dort führte."

Anscheinend geriet Schwester Maria Louisa dadurch doch etwas ins Wanken.

*„Und wie lange brauchen Sie den Schlüssel*, und wie lange sie ihn brauchen, das Schlüssel", sagte sie.

„Eine Minute", sagte Herr Brisch.

*„Und Sie geben mir ihn dann gleich zurück*, Sie mir ihn dann gleich zurückgeben", sagte sie.

*„Ja*", sagte Herr Brisch.

„Also, wenn Sie es so viel wünschen", sagte *Schwester* Maria Louisa. Kopfschüttelnd ging sie den Schlüssel holen.

Schwester Maria Louisa wusste sich Rat, als Herr Bergmann von Zimmer 30 einen Herzanfall erlitt, sie wusste sich richtig zu verhalten, als Herr Rat Auersperg anfing, unter sich zu lassen, und als man einmal irrtümlich nach L 315 einen Verrückten brachte und der zu toben anfing, konnte sie ihn, mit Hilfe von Professor Steinbach, der damals noch bei Kräften war, fixieren und in die Psychiatrie schicken. Aber wie sie sich richtig verhalten sollte, wenn zwei Patienten eine Wette darüber abgeschlossen hatten, ob der Hausschlüssel aus Eisen oder aus Messing ist, das wusste sie nicht.

Dann instruierte Herr Brisch die Herren. Er selbst gehe jetzt mit Toni zum Eingang. Die Herren hatten die Aufgabe, unter irgendeinem Vorwand, am besten, dass dies zur Wette gehöre, *Schwester* Maria Louisa auch hinunter zu schicken. „Dort Herr Brisch", wie er sich ausdrückte, „den Schlüssel schon *irgendvi* bekommen."

Herr Löwy sagte, es werde nicht so einfach sein, *Schwester* Maria Louisa zu überzeugen, die Treppe hinunter zu gehen. Zum einen habe sie Dienst in der ersten und zweiten Etage, und zum anderen sei *Schwester* Maria Louisa bekanntlich ein tief gläubiger Mensch, und solche Leute seien schwer zu überzeugen, das kenne er aus dem Geschäftsleben.

Herr Glaser & Söhne sagte, es komme darauf an, welche Ware dieser besagte Geschäftsmann anbiete. Wenn die Ware von guter Qualität sei, müsse er keinen Kunden, ob gläubig oder nicht, lange überzeugen, solche Ware verkaufe sich von selbst. Wenn es aber Schundware sei, kaufe sie sowieso niemand.

Herr Brisch fing nicht wie üblich an, mit ihnen zu streiten, sondern sagte nur, er glaube fest daran, die Herren erfüllten ihre Aufgabe.

Erstaunlicherweise hörten dann beide Herren auf zu streiten, und Toni ging mit Herrn Brisch zur Haustür hinunter.

Als beide unten ankamen, rang Herr Brisch kurz nach Luft. Aber gleich fing er wieder an zu organisieren. „Hier dich verstecken", sagte er zu Toni, und schubste ihn dabei in eine Nische neben der Tür. Dann beklagte er sich bitterlich über seinen Gesundheitszustand. „Meiste Mensch außer Atem, wenn hochgehen", sagte er, „aber ich mit meiner Tb schon außer Atem, wenn Treppe hinuntergehen." Dann machte er „psst" und sie warteten, bis *Schwester* Maria Louisa kam.

Oben hatten sie die Türe offen gelassen, so dass sie hören konnten, wie die Herren mit *Schwester* Maria Louisa verhandelten. Meistens hörte man Herrn Löwy. Das überraschte Toni. Er wusste nicht, dass Herr Löwy so gut deutsch sprach. Es schien jedoch, als wollte *Schwester* Maria Louisa nicht gehorchen. Das war natürlich zu erwarten. *Schwester* Maria Louisa musste immer wissen, warum sie etwas tat. Man sagte ihr nach, sie ließe sich auch von der Oberschwester nichts sagen. Und die Oberschwester war jemand. Sie gab sogar dem Chefarzt Anweisungen.

Die Herren redeten und redeten auf sie ein.

Lange schien alles umsonst.

Herr Löwy soll es später so ausgedrückt haben: Er habe so auf sie eingeredet, dass er selbst einer unfruchtbaren Kuh ein Kalb entlockt hätte. Es war zwar zweifellos nicht angemessen, so etwas gerade über *Schwester* Maria Louisa, eine ehemalige Nonne, zu sagen, aber nichtsdestotrotz, es war genau so. Es dauerte vielleicht eine Viertelstunde, ehe *Schwester* Maria Louisa begann, langsam die Treppe hinunterzusteigen.

„Vielleicht sie noch überlegt", flüsterte Herr Brisch. „So eine Gans überlegt jedes Blödsinn. Das kommen von klassische deutsche Philosophie."

Herr Brisch überschätzte wahrscheinlich den Einfluss der klassischen deutschen Philosophie auf das Denken von *Schwester* Maria Louisa ein wenig, sicher aber war, sie stieg die Treppe ungewöhnlich langsam hinunter.

„*Was soll das denn heißen*", sagte sie, als sie die letzte Stufe hinter sich hatte und Herrn Brisch bei der Haustür stehen sah.

„Fragen, was das bedeuten", flüsterte Herr Brisch triumphierend. „Aber Schlüssel haben in der Hand." Dann wandte er sich *Schwester* Maria Louisa zu und sagte in seinem kernigen Tschechisch: „Das bedeuten, mir Schlüssel geben." Es war nicht ganz klar, ob er nur deshalb tschechisch sprach, damit Toni ihn verstand, oder auch deshalb, um die *Schwester* zu verwirren. Sicher war jedoch, dass er sie dermaßen verwirrt hatte, dass sie auf tschechisch antwortete: „Ich Ihnen nicht geben."

„Ach was", sagte Herr Brisch, der sich die tschechische Sprache zwar als Autodidakt aneignete, aber schon manche ihrer Finessen kannte, „Sie mir also nicht geben, *Schwester* Maria Louisa. Aber nicht doch, Sie mir geben", und dabei riss er ihr den Schlüssel aus der Hand.

Dann reichte er ihn Toni. „Hier, Toni, und laufen, ich schon *Schwester* Maria Louisa halten."

Dann fasste er *Schwester* Maria Louisa um die Taille und es sah aus, als ob sie zusammen tanzten, *Schwester* Maria Louisa aber nicht gerade gut tanzen konnte und deshalb merkwürdig zuckte.

Dann besann sie sich aber wieder.

Sie riss sich aus Herrn Brischs Umarmung und stieß ihn so, dass er beinahe hinfiel und fast wäre sie hinter Toni hergelaufen, als ihr in dem Moment offensichtlich bewusst wurde, dass sie im Dienst war und ihre Patienten nicht verlassen konnte. Sie richtete sich also wieder das Häubchen, sah dann Herrn Brisch mit einem niederschmetternden Blick an und sagte zu ihm: „*Sie Schwein.*"

„*Du Hure*", antwortete Herr Brisch genüßlich. Und er verbeugte sich höflich.

Natürlich wusste er, dass *Schwester* Maria Louisa keine Hure war. Aber darauf kam es ihm im Augenblick nicht an.

Toni lief in Richtung Schanze.

Im Ghetto, obwohl es sehr klein war, knapp einen Quadratkilometer groß, ging man normalerweise schnell. Niemand hatte es eilig, irgendwohin zu kommen. Vielmehr ging jeder deshalb schnell, damit es wenigstens so aussah, als wäre er in Eile. Toni fiel also nicht auf. Das Laufen bereitete ihm kaum Schwierigkeiten. „Zum Glück habe ich keinen Pneumothorax mehr", dachte er. „Davon könnte ich jetzt eine Embolie bekommen." Er wusste zwar nicht genau, was eine Embolie ist, aber er erinnerte sich, dass *Schwester* Maria Louisa, als er noch den Pneumothorax hatte, immer zu ihm sagte: „Mit Pneumo dürfen nicht herumtollen, Toni, sonst bekommen Embolie."

Dann lobte er im Geiste seine Turnschuhe. „In schweren Schuhen", dachte er, „könnte ich nicht so laufen."

Da irrte er sich aber. Auch in schwereren Schuhen und im schlechteren Terrain konnten einige viel schwächere Menschen viel schneller laufen.

Er merkte plötzlich, dass er den kleinen Koffer nicht mitgenommen hatte. „Es ist wahrscheinlich besser so", sagte er sich. „Zum einen könnte ich mit einem Koffer viel schlechter laufen, und zum anderen", dachte er, „nimmt mich Erna eher mit, wenn ich keinen Koffer bei mir habe." Er kannte Erna. Erna würde sagen: „Dich würde ich noch mitnehmen. Aber dich und den Koffer, das ist zuviel." Er kannte Ernas Witze.

Dann aber sagte er sich, dass er mit Erna nicht fliehen konnte. Er durfte Helga nicht zurücklassen. Sie war doch viel anspruchsvoller, als er gedacht hatte. Ob er ihr weiche Servietten oder ein Stück harten Pappendeckel gab, sie fraß kein Papier. Sie musste mit Brot gefüttert werden. Und es war sehr unwahrscheinlich, dass einer der Herren auch nur einen Teil seiner Ration für sie opferte.

Das war Toni klar. Dann schien es ihm, als hörte er Donnern in der Ferne.

Er irrte sich wieder. Das war kein Donnern, es waren Schüsse.

Aber darin hatte Toni noch keine Erfahrung. Er wusste so gerade noch, wie es patschte, wenn jemand eine Ohrfeige von einem Esesmann bekam. Es war ein etwas anderer, ein erhabenerer Klang als der eines normalen Klapses von Mama Líza. Den Klang eines Schusses aber kannte er nicht.

Bei der Schanze angekommen, stand dort eine Gruppe älterer Männer.

Sie taten sehr wichtig.

Er konnte auch Herrn Kohn aus der Geniekaserne sehen, der etwas abseits stand.

„Was ist los, Herr Kohn", informierte sich Toni.

„Sie haben einen jungen Mann erschossen", sagte Herr Kohn. „Angeblich ging er auf der Schanze spazieren."

„Und wissen Sie, wer es war", sagte Toni.

Herr Kohn zuckte mit den Schultern und gestikulierte mit den Armen: „Ich weiß es nicht. Aber es war, würde ich sagen, ein ziemlich dummer Jude. Ein schlauer Jude oder wenigstens ein nicht sehr dummer Jude geht nämlich bei einem solchen Wetter nicht auf der Schanze spazieren."

Toni spürte, wie sein Hals trocken wurde. Das kam nicht nur von dem langen Laufen.

„Und wenn er vielleicht flüchten wollte", sagte er.

„Dann war es ein ganz und gar dummer Jude", sagte Herr Kohn. „Jetzt, wo jeder mit Händen und Füßen versucht, sich im Ghetto zu halten. Meinst du nicht auch?"

„Ich weiß nicht", sagte Toni. Und er spürte, wie er immer aufgeregter wurde.

Das letzte Mal war er beim Endspiel um den Ghettopokal so aufgeregt. In der Verlängerung hatten die Köche einen Elfmeter. Alba Feld hielt ihn. Die Ovationen nahmen kein Ende. Aber Toni wusste, es war Zufall, Alba Feld hatte sich nur auf gut Glück in den Schuss geworfen. Hätte Schönfeld in die andere Ecke geschossen, wäre es ein Tor geworden.

Dieses Mal, so schien ihm, hatte jemand in die andere Ecke geschossen. Und da konnte der allerbeste Hechtsprung nichts mehr retten.

# 8. Kapitel

das die meiste Zeit auf dem Friedhof spielt.

Es tat Toni sehr leid, dass er sich von Erna nicht verabschiedet hatte.

Deshalb bemühte er sich, wenigstens dabei zu sein, wenn sie ihn beerdigten.

Er suchte Herrn Kohn von der Geniekaserne auf, der Herrn Steiner aus České Budějovice kannte, dessen Schwager, Herr Ingenieur Karpfen, Mitglied der Begräbniseinheit war.

Ingenieur Karpfen war zuerst dagegen, Toni mitzunehmen.

Als Toni ihm aber sagte, dass er nichts dafür wolle und dass er auch nicht mit der Arbeiterzulage rechne, änderte dieser offensichtlich seine Meinung.

„Er war ein Verwandter von dir", sagte er.

„Ein Vetter", antwortete Toni.

Es war nämlich wahrscheinlicher, dass ihn der Herr Ingenieur eher einen Vetter als nur einen einfachen Freund beerdigen ließ. Und zu sagen, Erna sei sein Bruder, erschien ihm doch etwas übertrieben.

„Na, wenn er dein Vetter ist, darfst du dabei sein", sagte Ingenieur Karpfen. „Wäre er ein näherer Verwandter, wäre ich nicht einverstanden. Nähere Verwandte beerdigen sich nicht gut. Man ist gerührt und schnieft und dann gräbt man nicht ordentlich. Aber wenn er nur ein Vetter ist, dann geht es."

Toni war Punkt acht auf dem Friedhof.

Ingenieur Karpfen war schon da.

Und noch zwei Herren.

Toni war überrascht. Im Ghetto ging kaum jemand so pünktlich zur Arbeit. Aber dann sagte er sich, dass Beerdigen eben eine ernsthaftere Arbeit sei als Wagen ziehen oder Kohlen schleppen, und so wunderte er sich nicht weiter darüber.

Herr Ingenieur Karpfen stellte ihn vor.

Der eine Herr war Doktor Neugeboren.

Der andere Herr war Herr Hugo Veselý, ehemals Händler mit Briefmarken.

Sie begrüßten ihn jedoch nicht sehr freundlich.

„So ein kleiner Junge gehört nicht auf den Friedhof", sagte Doktor Neugeboren. „Worüber soll man sich mit ihm unterhalten. Als der alte Weinstein hier aushalf, arbeitete er zwar nicht viel, erzählte aber wenigstens hin und wieder eine Anekdote. Aber was soll man mit so einem Jungen anfangen."

Toni sagte, er kenne so manche Anekdote über Moritzl, aber anscheinend ließ Doktor Neugeboren dies nicht gelten.

„Es gibt solche und solche Anekdoten", sagte er. „Und auf dem Friedhof kann man nicht jede erzählen."

Der andere Herr, Herr Hugo Veselý, ehemals Händler mit Briefmarken, äußerte die Befürchtung, dieses Erlebnis könnte Toni zu sehr erschüttern. „Das ist keine Kleinigkeit, den eigenen Vetter zu beerdigen", meinte er. Er selber, als er so jung gewesen sei, habe nie einen Vetter beerdigt. Eigentlich habe er überhaupt niemanden beerdigt.

„Aber ich habe schon beerdigt", sagte Toni. Er erklärte Herrn Veselý, dass er gleich nach der Ankunft im Ghetto die sogenannte *Hundertschaft* durchlaufen habe. Einige Tage – es sollten hundert sein, daher das Wort *Hundertschaft* – habe er zwar nur Säcke mit faulen Kartoffeln getragen und an der

Straße gegraben, natürlich im Ghetto, aber dann habe er auch im Krematorium geholfen.

„Schon möglich", sagte Herr Veselý. „Aber du hast noch keinen Vetter beerdigt."

„Das nicht", gab Toni zu. Aber dann sagte er, er habe dafür in letzter Zeit oft Leichen getragen.

Er deutete damit an, dass er, wenn jemand in L 315 verstorben war, Schwester Anna regelmäßig half, den Toten auf ein anderes Bett zu tragen. Das Bett, in dem jemand gestorben war, musste nämlich immer frisch überzogen werden. Damit überzeugte er Herrn Veselý.

Dann zog sich Herr Ingenieur Karpfen die löchrigen Handschuhe über, die zu seiner geflickten Bundhose passten und verteilte die Arbeitsgeräte.

Die Herren gingen damit bei Weitem nicht so geschickt um, wie Toni erwartet hatte. Der Geschickteste erschien ihm noch Herr Veselý.

Wahrscheinlich war er es deshalb, weil er von Berufs wegen manchmal mit einer Pinzette gearbeitet hatte. Das hatte ihm zu gewissen manuellen Fertigkeiten verholfen.

„Nehmen wir also zuerst ihn", sagte Ingenieur Karpfen und zeigte mit dem Pickel auf Erna. „Der Junge soll seine Freude haben."

Herrn Doktor Neugeboren beunruhigte es aber, wie Herr Ingenieur Karpfen mit dem Pickel herumfuchtelte.

„Sie sollten damit ein bisschen vorsichtiger umgehen, Herr Ingenieur", sagte er. „In ihrer Nähe zu stehen ist ausgesprochen gefährlich."

„Ich bitte Sie", sagte Ingenieur Karpfen, „was könnte ich ausgerechnet Ihnen, Herr Doktor, schon antun. Im schlimmsten Fall könnte ich Ihre Brille zerschlagen. Aber das wäre ja wohl kein großer Schaden. Sie tragen sie doch nur aus Eitelkeit."

„Herr Ingenieur, nehmen Sie freundlicherweise zur Kenntnis, dass dieser Junge anwesend ist", sagte Doktor Neugeboren. „Zähmen Sie sich. Zumindest heute."

„Wer mit den Wölfen leben will, muss mit den Wölfen heulen", sagte Ingenieur Karpfen. Dann nahm er Erna und legte ihn oben auf den Haufen.

Nichts an Doktor Neugeboren, Ingenieur Karpfen und Herrn Veselý erinnerte Toni an Wölfe. Sie erschienen ihm ganz ruhig und zahm. Stellte er sich vor, Herr Brisch und Herr Glaser & Söhne würden Herrn Löwy beerdigen, die würden sich ganz anders streiten. Dann wurde ihm aber bewusst, dass das etwas ganz anderes wäre. Beerdigten Herr Brisch und Herr Glaser nämlich Herrn Löwy, beerdigten sie einen Bekannten, wohingegen diese Herren Erna gar nicht kannten.

Ingenieur Karpfen bemerkte, dass Toni nachdenklich wurde und fragte ihn deshalb nach Erna.

„Er war ein prima Kerl", sagte Toni. „Nicht nur mein Vetter, sondern auch mein Freund, er war Koch, er gab mir jeden Tag einen Knödel."

Ein wenig hatte er übertrieben. Nur selten gab ihm Erna einmal in der Woche einen Knödel. Aber wenn man in Betracht zog, dass er hin und wieder auch Mama Líza einen gab, war es so übertrieben wiederum nicht.

„Ja", sagte Doktor Neugeboren, „so zeigt sich Freundschaft im Ghetto. Er gab ihm jeden Tag einen Knödel."

Und man sah ihm an, auch er hätte einen Freund gebrauchen können, der ihm jeden Tag einen Knödel gab. Vielleicht wäre er auch mit einem zufrieden gewesen, der ihm nur jeden zweiten Tag einen gab.

„Und wie konnte er nur auf so eine Idee kommen zu fliehen", sagte Herr Ingenieur Karpfen. Er fasste Erna an den Beinen und zog ihn ein wenig zur Seite. Wahrscheinlich wollte er ihn so hinlegen, damit er ihn besser verstehen konnte.

„Ich weiß es nicht", sagte Toni.

„Aber das solltest du wissen", sagte Doktor Neugeboren und stieß die Schaufel in den Boden. „Wo er dir doch jeden Tag einen Knödel gab."

„Er hatte manchmal tolle Einfälle", sagte Toni. „Stellen sie sich vor, er hatte die Idee, hier im Ghetto einen Tierschutzverein zu gründen."

„Aber geh", sagte Herr Ingenieur Karpfen und stützte sich auf seinen Pickel. „War er nicht ein bisschen meschugge."

„Nein", sagte Toni. „Er hatte nur ein sehr gutes Herz. Einmal sah er, wie der Herr *Esessturmbannführer* seinen Hund schlug und deshalb gründete er den Verein."

„Aha", sagte Herr Ingenieur Karpfen.

„Er hieß Fifinka, der Hund", sagte Toni. „Und er war ein Dackel. Eigentlich war er eine Sie."

„Jetzt verstehe ich, warum er fliehen wollte", sagte Herr Ingenieur Karpfen. „Herr *Esessturmbannführer* gab Fifinka schlecht zu fressen und deshalb entschloss sich dein Vetter und Freund, die richtige Hundenahrung zu besorgen. Und die gibt es im Ghetto eben nicht."

„Nein", sagte Toni, „so war das nicht. Erna konnte es einfach nicht ertragen, wenn jemand Tiere quälte. Und das sagte er ihm auch. Und daraufhin ist er lieber geflohen."

„Schon gut", sagte Herr Ingenieur Karpfen und betrachtete das kleine Loch in Ernas Stirn. „Sauberer *Kopfšus*, meine Herren. Aber wahrscheinlich war er schon vorher tot. Er hat gut zehn Schüsse abgekriegt", fügte er hinzu und holte mit dem Pickel aus.

„Vorsicht, Herr Ingenieur, Sie hauen mir noch den Pickel auf den Kopf", sagte Doktor Neugeboren.

„So schlimm wäre das auch nicht", brummte Herr Ingenieur Karpfen.

„Der Junge ist hier", sagte Herr Doktor Neugeboren. „Ich mache Sie noch einmal eindrücklich darauf aufmerksam, Herr Ingenieur. Und das da", sagte er und zeigte mit der Schaufel auf Erna, „war sein Vetter."

„Und Freund", ergänzte Herr Veselý.

„Erna war echt toll", sagte Toni. „Vor seiner Flucht schenkte er mir noch eine Maus. Sie heißt Helga."

Es überraschte ihn selbst ein wenig, was er Erna alles zuschrieb. Aber er machte sich deswegen keine Vorwürfe. „Ledecký", sagte er sich, „würde es mir sicher verzeihen."

„Und was ist mit dieser Maus", fragte Herr Ingenieur Karpfen zerstreut, „lebt sie noch?"

„Und ob", sagte Toni. „Ich habe sie unter meinem Bett."

Herrn Ingenieur Karpfen wunderte dies überhaupt nicht, aber Herr Doktor Neugeboren schien darüber empört zu sein. „Hier haben wir auch eine Menge Mäuse", sagte er, „aber ich käme nie auf die Idee, eine mit nach Hause zu nehmen. Mäuse sind doch keine Haustiere."

„Zufälligerweise ist Helga sehr brav, Herr Doktor", sagte Toni. „Und reinlich. Ich kann mich nicht über sie beklagen."

Ihm war freilich bewusst, dass er jetzt eigentlich seiner Pflicht nachkommen müsste, den Herren zu erklären, warum er Helga hatte, und ihnen den Verein nahezubringen. Aber irgendwie hatte er keine richtige Lust dazu. „Wäre Erna noch am Leben", dachte er, „oder wäre Alba Feld hier bei mir, würde ich sie auf Anhieb überzeugen." Aber so alleine traute er sich nicht.

„Wie auch immer", sagte Herr Ingenieur Karpfen und schubste dabei Erna, „es ist schon seltsam, dass wir den Jungen hier beerdigen. Das ist wieder diese dumme deutsche Logik. Stirbst du in Ruhe und Frieden, verbrennen sie dich im Krematorium. Hast du etwas angestellt, wirst du würdevoll auf dem Friedhof beerdigt."

„Der Friedhof soll wahrscheinlich als Warnung dienen", sagte Doktor Neugeboren.

„Das tut er in der Tat", sagte Ingenieur Karpfen. „Nachts kommen Liebespaare zum Schmusen hierher. Und wenn sie Lust auf mehr bekommen, wird ihnen bewusst, wo sie sind und sogleich hören sie wieder auf."

„Brr", sagte Herr Veselý, „ich würde mich hier nachts fürchten."

„Es ist auch gar nicht sicher, ob Irgendeine mit Ihnen hierher ginge", sagte Herr Ingenieur Karpfen. „Sie sind kein Jüngling mehr."

„Ich würde mich auch fürchten", sagte Doktor Neugeboren. „Und ich bin nicht abergläubisch. Hand aufs Herz."

„Auf Sie könnte noch eine fliegen", sagte Ingenieur Karpfen. „Auch wenn Sie schon ein etwas heruntergekommener Don Juan sind. Aber Sie brauchen sich nicht zu fürchten. Was kann Ihnen schon passieren. Im schlimmsten Falle wacht ein Toter auf, und Sie sagen zu ihm, du, Toter, bleib liegen, steh nicht auf, und er legt sich wieder hin. Das kennen Sie doch von Erben, junger Mann", sagte er zu Toni und schaute dabei Erna auf die Füße. „Will nicht jemand von Ihnen, meine Herren, die Schuhe? Sie scheinen noch fest zu sein."

„Nein", sagte Herr Doktor Neugeboren. „Wir brauchen keine Schuhe."

„Wir sollten aber schon mal anfangen", sagte Herr Hugo Veselý besorgt. „Es ist zehn Uhr. Und wer weiß, ob sie noch jemanden bringen."

„Heute nicht mehr", sagte Herr Ingenieur Karpfen. „Mir ist schon aufgefallen, es sterben weniger Menschen, wenn ein Transport geht."

„Der heutige Transport soll angeblich der letzte sein", sagte Herr Veselý.

„Von jedem Transport, der das Ghetto verlässt, heißt es, es sei der letzte", sagte Doktor Neugeboren.

„Aber wo finden alle die Leute Unterkunft", sagte Herr Veselý. „Es gehen doch nicht nur von hier Transporte."

„Die Erde ist breit und tief. Vielleicht ist dieser Junge da", sagte Herr Ingenieur Karpfen und berührte dabei Erna mit dem Pickel, „nicht wegen irgendeiner Fifinka oder wegen einem Herrn *Esessturmbannführer* geflüchtet. Vielleicht hat er erfahren, was sie dort mit Unsereinem machen."

„Und was glauben Sie, was die dort mit ihnen machen, Herr Ingenieur", sagte Herr Veselý.

„Ich weiß es nicht", sagte Herr Ingenieur Karpfen. „Aber eins weiß ich sicher. Erschossen werden sie nicht."

„Da bin ich froh", sagte Herr Veselý.

„Sie werden nicht erschossen", fuhr Herr Ingenieur Karpfen fort, „weil die Deutschen dafür doch keine Munition verschwenden. Wissen Sie, was das kostet, Munition für ein Gewehr, Herr Veselý?"

„Nein", sagte Herr Veselý.

„So viel, dass Sie dafür mindestens drei Blaue Merkur kaufen könnten."

„Aber eine so wertvolle Briefmarke ist die Blaue Merkur nun auch wieder nicht", sagte Herr Veselý. „Sie kostet ungefähr 30 bis 35 Kronen."

„Na und", sagte Herr Ingenieur Karpfen. „Rechnen Sie doch mal, Herr Veselý. Dreimal dreißig sind neunzig. Fast hundert Kronen für einen Juden. Und Juden gab es 1938, das sind unvollständige Zahlen, fünfzehn Millionen in Europa. Das macht hundert mal fünfzehn Millionen. Das ist viel Geld."

„Meine Herren", sagte Doktor Neugeboren, „der Junge ist doch dabei."

„Soll er rechnen lernen", sagte Herr Ingenieur Karpfen, „das kann ihm nie schaden."

„Zufälligerweise kann ich rechnen", sagte Toni. Er war ein wenig beleidigt. Rechnen war in der Schule immer seine Stärke. Schlechter ging es mit Grammatik und Zeichnen.

„Und was denken Sie also, Herr Ingenieur, was die dort mit ihnen machen", sagte Herr Hugo Veselý.

„Ich würde sagen, sie könnten sie hängen", dozierte Herr Ingenieur Karpfen. „Aber das kommt mir auch nicht sehr wahrscheinlich vor. Das wäre sehr unpraktisch. Haben Sie schon einmal eine Hinrichtung gesehen?"

„Ja", sagte Herr Veselý. „Damals im Ghetto*."

„Ich war auch dabei", sagte Herr Ingenieur Karpfen. „Man brauchte minimal fünf Minuten für einen Delinquenten, aber eher mehr. Und jetzt rechnen sie wieder. Ein Transport aus dem Ghetto umfasst tausend Menschen und geht alle zwei Tage. Aber bei tausend Menschen, vorausgesetzt, es wird

---

* Die erwähnten Hinrichtungen fanden nach allen gültigen Regeln und mit großem Pomp statt. Den Deutschen ging es dabei wahrscheinlich nicht so sehr um die rechtliche Seite der Sache, sondern eher darum, die Ghettobewohner zu überzeugen, „Tod ist nicht gleich Tod". Es ist nicht bekannt, inwieweit dies gelungen ist.

auch nachts gearbeitet, was sehr unwahrscheinlich ist, weil nachts üblicherweise niemand erhängt wird, würden sie vier bis fünf Tage für das Erhängen brauchen. Und dabei könnten sie sich nicht einmal eine kleine Pause gönnen. Also, das geht nicht", sagte Herr Ingenieur Karpfen. „So eine Menge Menschen zu erhängen ist absolut unökonomisch."

„Und hätten sie denn nicht mehr davon, die Menschen am Leben zu lassen", sagte Herr Veselý.

Er war ein großer Optimist.

„Überhaupt nicht", sagte Herr Ingenieur Karpfen. „Die meisten von uns sind nicht mehr so leistungsfähig, dass es sich lohnen würde, in uns zu investieren. Sie dürfen nicht vergessen, dass die Lebensmittelpreise im Krieg dauernd steigen."

„Sie vergessen", sagte Doktor Neugeboren, „dass es zum Glück noch so etwas wie die Weltöffentlichkeit gibt."

„Das vergesse ich nicht", sagte Herr Ingenieur Karpfen. „Aber so wie es aussieht, Herr Doktor, sind wir hier von der Weltöffentlichkeit ziemlich weit entfernt. Wichtiger ist mit Sicherheit der ökonomische Effekt. Ich kam zu dem Schluss, dass man die Leute wahrscheinlich im Wasser ertränkt. Das lässt sich sehr billig machen."

„Und was wird aus den Fischen? Würde es den Fischen nichts ausmachen", sagte Toni. Und er dachte, er könnte über die Fische das Gespräch auf den Tierschutzverein lenken. Jetzt, wo er die Herren besser kannte, hatte er das Gefühl, sie ließen sich doch dafür gewinnen. Herr Veselý sicher. Herr Doktor Neugeboren vielleicht auch. Nur bei Herrn Ingenieur Karpfen hatte Toni noch seine Zweifel. Er schien Tiere nicht zu mögen.

Was die Fische betraf, war Ingenieur Karpfen mit ihm jedoch einer Meinung. „Sie sind ein kluger Junge, Toni", sagte er. „Das könnte sich selbstverständlich nicht in Fischweihern abspielen, die dienen der Fischzucht. Das Leichengift könnte den Fischen schaden und hie und da die Zucht vollständig vernichten. Ich glaube, in Betracht zu ziehen sind eher einige Seen. Zum Beispiel die Masurischen Seen. Dort könnte man ohne Probleme, denke ich, einige Millionen Juden ertränken."

„Die meisten Juden können schwimmen", wandte Doktor Neugeboren ein. „Ich persönlich kann es zwar nicht, aber meine Frau zum Beispiel schwimmt sehr gut."

„Darüber habe ich mir auch Gedanken gemacht", sagte Herr Ingenieur Karpfen. „Das lässt sich bewältigen. Es würde ausreichen, über die Leute ein Fischernetz zu werfen. Dies müsste aber fest sein, damit es nicht reißt."

„Und wenn einer ein Messer dabei hätte", sagte Toni und er erinnerte sich, wie Ledecký die Schenkel vom Fifinkabraten abtrennte. „Wenigstens hat er sich satt gegessen und das kommt ihm jetzt zugute", sagte er sich. „Sehr kräftig ist Ledecký nämlich nicht und er muss dort sicher arbeiten. Zum Beispiel Schnee räumen", dachte er. „Und das ist eine ziemlich schwere Arbeit. Auch wenn sie so schwer dann doch wieder nicht ist. Es kommt vor allem darauf an, mit der Schaufel weit auszuholen."

„Die, die auftauchen", sagte Herr Ingenieur Karpfen, „wären kein Problem. Das würden ein paar Maschinengewehre erledigen. Die bräuchte man sowieso, um die Menschen ins Wasser zu treiben. Aber man bräuchte dabei bei Weitem nicht so viel Munition, wie wenn man sie direkt erschießen würde. Im Übrigen", fügte er hinzu, „sind das mehr oder weniger akademische Debatten. Entweder wir kommen auch in den Transport, dann werden wir es am eigenen Leib erfahren, oder eben nicht, und dann kann es uns egal sein."

„Sie haben keine Verwandten, die mit den Transporten weggekommen sind, Herr Ingenieur", sagte Herr Veselý.

„Aber sicher habe ich welche, die so weggekommen sind", sagte Herr Ingenieur Karpfen. „Aber helfe ich ihnen, wenn ich hier meditiere, was mit ihnen geschah oder nicht geschah? Damit helfe ich keinem."

„Das ist eigentlich richtig", sagte Herr Veselý. „Aber jetzt sollten wir, meine Herren, vielleicht doch unsere Arbeit machen, sonst werden wir nicht fertig ..."

„Wir werden schon fertig", sagte Herr Ingenieur Karpfen und stand langsam auf. „Der Boden ist noch nicht gefroren. Das geht *ajn cvaj*."

„So ist es", sagte Doktor Neugeboren und stand auch auf. „In zwei Stunden sind wir *fix und fertig*. Aber ich bitte Sie, Herr Ingenieur, passen Sie mit dem Pickel auf. Das ist kein Spielzeug."

Herr Veselý beruhigte sich. Er hielt viel von den Herren mit akademischem Titel. Aufgrund seines ursprünglichen Berufes wusste er zwar, wo Britisch Guayana, Honduras und Tasmanien lagen, aber sie kannten die Welt.

# 9. Kapitel

das davon handelt, wie Helga eine neue Schachtel bekam.

Als Toni nach L 315 zurückkam, hatte bereits wieder Schwester Anna Dienst.

Im Zimmer waren aber nur Herr Glaser & Söhne und Herr Adamson.

Schwester Anna saß auf dem leeren Bett von Herrn Brisch.

Toni fand das merkwürdig. Schwester Anna, im Unterschied zu Schwester Maria Louisa, erlaubte zwar Besuchern, auf den Betten zu sitzen, sie selbst aber gestattete sich das nie. Diese Regel hielt sie sehr streng ein. Vielleicht gerade deshalb, weil sie die erste nicht einhielt.

„Nun, was sagen Sie dazu, Toni", sagte Herr Glaser & Söhne. „Ich habe es geahnt. Es kam, wie ich vorausgesagt habe. Es ist schrecklich."

Toni sagte nichts dazu, weil er nicht wusste, worum es ging. Dann fragte er aber, ob sich *Schwester* Maria Louisa vielleicht über die Beschimpfung von Herrn Brisch ‚Du Hure' beschwert hatte. Vorher hatte sie zwar zu ihm ‚Sie Schwein' gesagt, aber Toni war sich nicht sicher, was schlimmer ist, eine ehemalige Nonne ‚Du Hure' zu schimpfen, oder einen ehemaligen Geiger ‚Sie Schwein'. Oder hatte es sie vielleicht gestört, dass Herr Brisch sie geduzt hatte ...

Außerdem sind Frauen, dass wusste Toni aus Erfahrung, bei Beschimpfungen viel empfindlicher als Männer. Vielleicht weil sie wissen, dass ihnen jeder Mann sofort zur Seite steht. Wenn sich *Schwester* Maria Louisa beim Chefarzt beschwerte, holte der Herr Chefarzt Herrn Brisch sofort zu sich und

schimpfte mit ihm, ohne die andere Seite überhaupt zu hören. Toni kannte das.

„Es ist wirklich schrecklich", sagte Schwester Anna und
fing an zu weinen.

Das war schon mehr als merkwürdig. Schwester Anna
weinte und Herr Adamson betete dazu. Es reizte Toni wieder einmal, ihm seine Gebetsriemen zu verstecken. „Würde
er sich auch dann so verneigen und Unverständliches mur-
meln. Dass ich das nicht schon früher versucht habe", dachte
er. „Aber ich müsste es so machen, dass er sie nicht gleich
findet. Vielleicht würde er sich dann das Beten abgewöhnen.
Oder würde sich dabei wenigstens nicht so anstellen."

Aber dann erschrak er plötzlich. „Ist Helga etwas passiert." Er war den ganzen Tag damit beschäftigt, Erna zu
beerdigen und hatte Helga ganz vergessen. „Hat sie die
Schachtel durchgebissen und ist weggelaufen. Oder hat Herr
Brisch Wut auf sie bekommen und sie samt Schachtel auf den
Müll geworfen. Einige Male hat er schon gedroht, das zu tun.
Aber nein, das würde er nie tun", sagte er sich. „Herr Brisch
hat Helga, auch wenn er über sie schimpfte, ganz gern." Und
außerdem, wäre Helga etwas zugestoßen, könnte man sich
zwar vorstellen, dass Schwester Anna weint, aber nicht, dass
Herr Glaser & Söhne sagt, es sei schrecklich. Andererseits
erschien es ihm wiederum unwahrscheinlich, dass Schwester
Anna weint, nur weil der Herr Chefarzt Herrn Brisch aus-
geschimpft hatte.

Und so fragte er lieber nur, „wo sind eigentlich die Herren?"

„Sie wissen es nicht", sagte Herr Glaser & Söhne. „Und
was denken Sie, wo sie sind."

„Auf dem Klosett", sagte Toni. Aber dann wurde ihm
klar, dass dies Unsinn war. Warum sollten die Herren ge-

meinsam aufs Klosett gehen. Außerdem benutzte Herr Professor Steinbach in letzter Zeit die Schüssel. Er war gesundheitlich nicht mehr so gut dran. „Also sind sie wahrscheinlich beim Röntgen", folgerte er.

„Es ist nicht die Zeit für unpassende Scherze", sagte Herr Glaser & Söhne streng. „Die Herren sind in den Transport gegangen. Alle. Wir hatten Angst, auch Sie könnten dabei sein, weil Sie so lange weg waren."

„Nein", sagte Toni, „ich bin nicht dabei." Und er machte sich von Neuem Sorgen um Helga. „Wenn Herr Brisch, Herr Löwy und Herr Professor Steinbach, ihre Hauptfürsprecher, weggegangen sind, wer weiß, was mit ihr ist. Herrn Glaser & Söhne kann man nicht trauen. Und Schwester Anna ist irgendwie durcheinander."

Also schaute er in die Schachtel.

Helga jedoch war da. Nur schien sie ein bisschen müde zu sein. „Wie kann es auch anders sein", dachte Toni, „wenn sie den ganzen Tag niemand aus der Schachtel gelassen hat." Er nahm sie also vorsichtig heraus und fragte Schwester Anna, ob er sie kurz auf eines der frei gewordenen Betten von den Herren legen könne. „In der Schachtel natürlich", fügte er hinzu, als er merkte, dass Schwester Anna die Stirn runzelte. „Wissen Sie, ich glaube, es würde Helga guttun, sie hätte dort deutlich mehr Licht als unter dem Bett."

Herr Glaser & Söhne aber reagierte empört auf seinen Vorschlag. „Ich bitte Sie, Toni", sagte er, „wie können Sie jetzt über diese Maus sprechen. Sie haben doch gehört; alle Herren sind weggegangen, der Herr Professor, Herr Löwy und auch der Deutsche."

„Herr Brisch", berichtigte ihn Toni.

„Der Deutsche", sagte Herr Glaser & Söhne starrköpfig. Für gewöhnlich sagt man, man soll über Tote und Nicht-

Anwesende nur Gutes reden. Aber Herr Glaser & Söhne richtete sich nicht danach. Wahrscheinlich deshalb, weil Herr Brisch erst seit Kurzem weg war.

„Das Schlimmste ist", sagte Schwester Anna und putzte sich die Nase, „dass auch der Herr Chefarzt weggegangen ist. Wer wird jetzt den Patienten den Pneumo legen."

„Soweit ich weiß, Schwester Anna", sagte Herr Glaser & Söhne, „hat fast keiner von denen, die geblieben sind, einen Pneumothorax. Ich jedenfalls habe keinen. Und hier, Toni, auch nicht."

„Ich hatte aber einen", berichtigte ihn Toni.

„Und wenn jemand krank wird", sagte Schwester Anna, „und man einen Pneumo legen muss. Frau Doktor Kleinhampel kann es nicht. Sie legte noch nie einen Pneumothorax, es ist schrecklich."

„Wir müssen hoffen", sagte Herr Glaser & Söhne, „dass niemand krank wird. Oder man muss halt konservativ behandeln. Liegen und essen."

„Sie wissen doch", sagte Schwester Anna, „dass das Essen im Ghetto nicht ausreichend Kalorien hat. Und die Liegezeit halten die Patienten nicht ein. Sie sind so undiszipliniert."

„Ich werde sie einhalten", sagte Toni. „Und Helga auch." Er wollte Schwester Anna etwas aufheitern. Aber es schien ihm nicht zu gelingen.

„Das ist das größte Unglück, das uns treffen konnte", sagte Schwester Anna. „Er arbeitete an einer bedeutenden wissenschaftlichen Untersuchung. Und er nahm noch nicht einmal den Koffer mit der Wäsche mit. Auch den Morgenmantel ließ er hier."

„Den Morgenmantel wird er dort nicht brauchen", sagte Herr Glaser & Söhne. „Ich bin überzeugt, dass man dort nicht im Morgenmantel herumläuft."

„Aber trotzdem", sagte Schwester Anna. „Wenn er wenigstens ein paar frische Hemden zum Wechseln hätte. So machen sich doch die Läuse über ihn her."

„Meiner Erfahrung nach", sagte Herr Glaser & Söhne, „machen sich keine Läuse über einen her, wenn man auf Sauberkeit achtet. Auch wenn man nur ein Hemd besitzt."

„Vielleicht hat er ja doch mehr dabei", sagte Schwester Anna. „In dem anderen Koffer hat er zwei und eines hat er an."

„Sicher hat er mehr dabei", sagte Herr Glaser & Söhne. „Der Chefarzt soll nicht genügend Hemden haben. Das würde mich wundern."

„Aber trotzdem", sagte Schwester Anna, „es ist hier jetzt irgendwie traurig. Wenn die Herren weg sind. Als wäre das Zimmer leer."

„Dann lasse ich jetzt Helga raus", sagte Toni. „Wenn sie sich hier breitmacht, haben sie gleich den Eindruck, das Zimmer ist voll. Sie werden sehen, Schwester Anna."

Aber Schwester Anna war dagegen. Toni schien es, als habe sie immer noch Angst vor Helga. „Sicher nur deshalb, weil sie sie nicht genügend kennt", so dachte er. „Würde sie sie besser kennen, hätte sie bestimmt keine Angst. Helga tut doch niemandem etwas."

Toni, wie bereits erwähnt, wusste nicht, dass sich jede Frau vor Mäusen fürchtet. Da war auch Schwester Anna keine Ausnahme. Außerdem war sie, wie es schien, wirklich sehr traurig.

„Mir wird das Zimmer immer leer erscheinen", sagte sie.

„Mir auch", sagte Herr Glaser & Söhne. „Es ist aber die Frage, ob ich deswegen traurig sein soll. Objektiv betrachtet ist es ganz gut, wenn im Krankenhaus nicht alle Betten belegt sind. Nicht nur, weil dies von allgemeiner Gesundheit zeugt, sondern weil für Unsereinen auch mehr Platz bleibt."

„Das sind traurige Witze, Herr Glaser", sagte Schwester Anna.

„Was heißt hier Witze", sagte Herr Glaser & Söhne. „Denken Sie nur daran, Schwester Anna, dass in L 315 in manchen Räumen an die fünfundzwanzig Juden lagen. Das ist wahrlich nicht gesund. Abgesehen davon, dass alle zusammen lagen, die Tuberkulosekranken und die Asthmatiker, die Diabetiker und die Gelbsüchtigen, die Jungen und die Alten. Daraus konnte nichts Gutes werden. Jetzt wird es doch vielleicht möglich, da etwas zu sortieren."

„Junge Leute sind nicht mehr viele übrig", sagte Toni. „Mit dem letzten Transport sind alle Köche gegangen."

„Um die ist es nicht so schade", sagte Herr Glaser & Söhne. „Wenigstens wird jetzt weniger geklaut."

„Und wer wird kochen", entgegnete Toni.

„Es findet sich schon jemand", sagte Herr Glaser & Söhne. „Jeder weiß doch, welche Vorteile diese Beschäftigung bringt. Du kannst dich dort satt essen und noch dazu wegschleppen, was du nur tragen kannst."

Toni widersprach ihm nicht mehr. Es hatte keinen Wert. Herr Glaser & Söhne war gegen die Köche voreingenommen. Die meisten Ghettobewohner waren gegen die Köche voreingenommen. Wie oft hatte Toni schon versucht, verschiedene Leute davon zu überzeugen, dass Erna und Ledecký ganz normale Leute wie sie selbst waren, nur mit dem Unterschied, dass sie anstatt in einer Werkstatt oder einem Büro in der Küche arbeiteten. Umsonst. Alle sahen in ihnen etwas, was früher den Aristokraten zugeschrieben wurde.

„Aber, wenn man so will", dachte Toni, „waren auch Aristokraten nicht so außergewöhnlich. Nehmen wir Ledecký.

Von den anderen Köchen war er sozusagen nicht zu unterscheiden. Außer, dass er etwas kleiner war. Aber das kam sicherlich nicht daher, dass er ein Aristokrat war. Wenngleich Herr Brisch behauptete, alle Aristokraten seien degeneriert. Aber Herrn Brisch konnte man nicht immer wortwörtlich nehmen."

Dann nahm er die große Schachtel ins Visier, die unter Herrn Löwys Bett lag. Dort versteckte Herr Löwy sein Brot. Nicht dass er etwa so viel Brot gehabt hätte. Herr Löwy aber sagte immer, zumindest könne er sich vorstellen, viel Brot zu haben, wenn er es in einer solch großen Schachtel aufbewahre. Toni dachte aber, sie wäre genau richtig für Helga. Ihre Schachtel fing schon langsam an zu zerfallen, diese dagegen war viel geräumiger und bot ihr mehr Möglichkeit, sich zu bewegen. „Nur ein paar Löcher muss ich noch reinmachen, wegen der Luft", überlegte Toni.

# 10. Kapitel

das davon handelt, wie Toni mehrmals versuchte, sich in den Finger zu stechen.

Schwester Annas Befürchtung, Frau Doktor Kleinhampel könnte den Andrang neuer Patienten nicht bewältigen, erwies sich als unbegründet.

Es kamen nämlich keine neuen Patienten.

Niemand hatte in der Zeit der Transporte Lust, nur weil er hustete und in der Nacht schwitzte, zum Röntgen zu gehen.

So blieb Toni mit Herrn Adamson und Herrn Glaser & Söhne auch weiterhin allein im Zimmer.

Die Ruhe im Zimmer kam ihm unnatürlich vor. Herr Adamson betete zwar manchmal und Herr Glaser & Söhne ermahnte Toni das eine oder andere Mal, aber es war nicht mehr so wie früher.

Und so war Toni froh, als Mama Líza ihn besuchen kam.

In letzter Zeit zeigte sie sich nicht oft in L 315.

Mama Líza war nämlich berühmt dafür, dass sie besonders gut packen konnte. Deshalb war sie dauernd beschäftigt. Alle riefen nach ihr, damit sie einen Blick auf den Koffer oder den Rucksack werfe, ob es sich nicht noch irgendwie besser machen ließe.

Auch jetzt vermittelte sie den Eindruck, als sei sie schrecklich in Eile.

Wenigstens schien es Toni so.

Als er sie aber genauer betrachtete, bemerkte er, dass sie eher aufgeregt war.

„Was ist passiert", sagte er. „Eda Spitz ist doch nicht etwa im Transport."

„Eda Spitz", sagte Mama Líza, „aber wo auch. Der ist schon vor drei Tagen gegangen." Dabei schaute sie durch Toni hindurch.

„Du bist traurig", sagte Toni.

„Freilich", sagte sie, „aber darum geht es jetzt nicht. Ich muss dir etwas sagen. Du bist doch schon ein großer Junge, nicht wahr."

„Ich? Aber nein", sagte Toni, „immer noch ich bin nur ein Meter sechsundsechzig groß. Im letzten Jahr bin ich keinen Zentimeter gewachsen. Aber das liegt wahrscheinlich an der Ernährung."

„Toni", sagte Mama Líza, „lenk nicht ab. Du weißt, wie ich es meine."

Toni lenkte aber nicht ab. Es ärgerte ihn wirklich. Nur ein Meter sechsundsechzig groß zu sein ist für einen Jungen doch recht wenig. Jetzt ging es gerade noch. Aber dann mit siebzehn gälte er als ein ausgesprochen kleiner Knirps.

Mama Líza meinte aber nicht seine Körpergröße. „Ich meinte es anders", sagte sie, „ich wollte damit nur andeuten, dass du schon ein Mensch bist, dem man alles sagen kann."

„Aber sicher", sagte Toni.

„Also, bitte, erschrecke nicht", sagte Mama Líza. „Ich bin nämlich gekommen, dir zu sagen, dass wir beide dran sind."

„Das ist aber eine Überraschung", sagte Toni. Und sofort wurde ihm klar, dass die Vorladung zum Transport eigentlich nicht nur ihn und Mama Líza betraf, sondern auch Helga. Er fing an, sich Sorgen zu machen. Vor einer Woche noch wäre es nicht so schlimm gewesen. Auch wenn die Herren auf Helga immer geschimpft hatten, hätten sie sie zu guter Letzt doch in Obhut genommen, wissend, dass Toni im Transport ist und wegfährt. Aber die Herren waren nicht mehr da. Und auf Herrn Glaser & Söhne konnte er nicht zählen. Und auf Herrn Adamson schon gar nicht.

„Ich habe noch keine Vorladung bekommen, aber ich weiß es aus zuverlässiger Quelle", sagte Mama Líza. „Heute Nachmittag kommt sie."

„Und da kann man nichts mehr machen", sagte Toni.

Er wusste nämlich, dass man so manches machen konnte. So kam es vor, dass morgens fünfhundert Menschen im Transport waren und nachmittags von diesen fünfhundert nur noch etwa fünfzig. Anstelle der vierhundertfünfzig waren dort jetzt andere vierhundertfünfzig. Aber so war es am Anfang, als im Ghetto noch mehr Menschen waren und als manche Tätigkeit noch schützte. Etwa wenn jemand Arzt oder Koch oder Musiker oder Metzger war. Natürlich gab sich in solchen Fällen dann jeder als Arzt oder Koch, Musiker oder Metzger aus, oder wenigstens als deren Verwandte, um da herauszukommen. Aber bei den letzten Transporten galten solche Privilegien nicht mehr.

„Genau deswegen bin ich zu dir gekommen", sagte Mama Líza. Dann erklärte sie ihm, dass bei dem sie betreffenden Transport überhaupt keine Reklamationen mehr gälten. Es schütze nicht einmal mehr, Angestellter in der Magdeburger Kaserne zu sein. Obwohl das immer der zuverlässigste Schutz war. „Ganz zu schweigen von den Köchen, Metzgern und Bäckern", fügte sie traurig hinzu, die, wie Toni wisse, schon in die früheren Transporte eingereiht worden seien. „Dieses Mal hilft es weder, wenn du vom Krebs zerfressen, noch, wenn du mit dem englischen König verwandt bist", sagte sie. Das Einzige, was noch gelte, sei, wenn der Betreffende so schwer krank sei, dass er nicht lebend vor die Sudetenkaserne, wo man sich für den Transport versammelte, gelangen könne.

„Da müsste derjenige ganz schön zugerichtet sein", sagte Toni. „Da müsste er einen Herzinfarkt haben oder Blut spucken."

„Ja", sagte Mama Líza, „genau so ist es. Du musst simulieren, Toníčku. Dann lassen sie die Reklamation gelten."

„Und du bist dann auch herausreklamiert", sagte Toni.[*]

„Vielleicht, Toníčku", sagte Mama Líza. „Aber auf mich kommt es nicht so an."

„Aber mein Herz ist ganz gesund", sagte Toni. Er war überrascht, dass Mama Líza ihn so zärtlich angesprochen hatte. So hatte sie ihn genannt, als er noch ganz klein war.

„Das könnte ich vielleicht machen, ich habe gesehen, wie Herr Kauders aus Zimmer 2 an einem Infarkt gestorben ist, aber darauf wird kein Arzt hereinfallen. Auch Frau Doktor Kleinhampel nicht."

„Ich will nicht, dass du einen Herzinfarkt simulierst", sagte Mama Líza, „du musst Blut spucken." Und dann gab sie ihm eine Stecknadel und zeigte ihm eine Stelle auf dem Zeigefinger, wo er sich stechen sollte. „Es reicht", sagte sie,

---

[*] Könnten sie nämlich Toni herausreklamieren, wäre möglicherweise auch Mama Líza gerettet. Viele Transporte waren sogenannte Familientransporte. Wenn jemand aus der Familie in einen solchen Transport kam, riss er auch die anderen Familienangehörigen mit. Und umgekehrt, wenn einer herausreklamiert werden konnte, wurden mit ihm automatisch auch die anderen Familienangehörigen herausreklamiert. Die Familientransporte hatten so ihre Vor- und Nachteile. Der Vorteil war, dass die ganze Familie zusammen ging, was jedoch nicht immer und nicht für jeden ein Vorteil sein musste. Der Nachteil war, dass der einheitliche Charakter des Transportes gestört wurde. Manchen Transporten wurden nämlich zum Beispiel nur Rechtsanwälte und Handlungsreisende oder Handwerker und Tuberkulosekranke u.s.w. zugeteilt. Die Familienangehörigen, die oft einen anderen Beruf oder eine andere Krankheit hatten, störten diese Einheitlichkeit.

„wenn du es ein bisschen einsaugst und es ins Taschentuch oder in den Spucknapf spuckst."

„Ich glaube nur", sagte Toni, „dass Blut aus der Lunge und Blut aus dem Finger etwas unterschiedlich aussehen. Die Frau Doktor könnte dies erkennen."

Mama Líza teilte ihm aber mit, dass sie mit Frau Doktor Kleinhampel schon gesprochen habe, dass die Frau Doktor darüber informiert sei, dass aber der Herr *Esessturmbannführer* zur Kontrolle mitkomme. „Es geht darum, dass er das Blut sieht. Weißt du, man erzählt sich", sagte Mama Líza, „dass es der letzte Transport ist."

Toni verstand zwar die Logik nicht, warum der Herr *Esessturmbannführer* gerade den letzten Transport kontrollieren sollte, aber er verstand, dass der Herr *Esessturmbannführer* den Unterschied nicht erkennen würde.

„Ich bitte Herrn Glaser & Söhne, mir die Hand zu halten, und dann steche ich mich", sagte er. Mama Líza war damit aber nicht einverstanden. „Aber wo denn, Toníčku", sagte sie wieder so zärtlich, „Herr Glaser darf nichts wissen."

„Dann bitte ich Herrn Adamson", sagte Toni. Er konnte sich zwar nicht so richtig vorstellen, wie er es Herrn Adamson erklären sollte und er wusste auch nicht, ob Herr Adamson, hätte der ihn verstanden, es tun würde. Was, wenn die jüdische Religion verbietet, sich mit einer Stecknadel in den Finger zu stechen. Aber er sagte sich, er könnte versuchen, ihn darum zu bitten. Das koste nichts.

Mama Líza war jedoch auch mit Herrn Adamson nicht einverstanden. „Niemand darf davon wissen, Toni", sagte sie. „Es reicht schon, dass ich es Frau Doktor Kleinhampel sagen musste. Du musst dir alleine helfen."

„Also gut", sagte Toni. Er war sich jedoch gar nicht sicher, ob er das konnte. Einmal hatte er versucht, sich mit einem Messer zu schneiden und er wusste deshalb, wie schwer das ist. Dann umarmte ihn Mama Líza mit ungewohnter Heftigkeit und legte ihm noch einmal ans Herz, nichts zu vergessen. Sie könne alles noch einmal genau wiederholen, sagte sie, aber das müsse sie wohl nicht. Toni wisse doch, wie ein Mensch, der Blut spucke, aussehe, und sie zwinkerte ihm dabei aufmunternd zu.

Sie spielte damit darauf an, dass man Toni einmal auf das *Šterbecimr* gelegt hatte. Er fühlte sich dort anfangs schrecklich unbehaglich. Und so schloss er mit Mama Líza Wetten darüber ab, welcher Patient als erster sterbe. Einer von ihnen, ein Däne, spuckte damals auch Blut.

Später verlegten sie Toni wieder aus dem *Šterbecimr*. Offensichtlich war er damals doch nicht so schlecht dran, auch wenn er hin und wieder spuckte. Aber an den Dänen mit dem Blutsturz erinnerten sich Toni und Mama Líza auch später noch oft. Toni gelang es nämlich, bei ihm nicht nur den Tag, sondern auch die Stunde richtig zu erraten.

Als Mama Líza gegangen war, steckte Toni die Nadel unter das Kopfkissen und überlegte, ob er nicht zuerst üben sollte. Der Herr *Esessturmbannführer* kam erst am Nachmittag, und bis dahin war noch eine Menge Zeit. Er könnte inzwischen lernen, zuverlässig zu spucken und sich in den Finger zu stechen. Dann aber sagte er sich, es lieber nicht zu probieren. Der Herr *Esessturmbannführer* könnte ja auf seine Hand schauen und die zerstochenen Finger sehen. In der Regel kamen die Deutschen den Juden zwar nicht so nahe, aber wenn es sich um den letzten Transport handelte, konnte man nie wissen. Außerdem war er sich sicher, genug davon zu haben, wenn er sich ein- oder zweimal am Nachmittag gestochen hatte.

Am Nachmittag brach das allgemeine Chaos aus.

Schwester Anna kontrollierte pausenlos, ob die Bettlaken ordentlich gespannt waren.

*Schwester* Maria Louisa überprüfte, ob die Thermometer auf dem Nachttisch am richtigen Platz lagen.

Sogar die Oberschwester besuchte sie und schüttelte eigenhändig das Kissen von Herrn Brischs ehemaligem Bett auf.

Das war Toni gar nicht recht. Nicht, dass er grundsätzlich etwas gegen Ordnung gehabt hätte. Langsam aber sicher kam die Zeit, wo er sich stechen musste, und wenn andauernd jemand ins Zimmer kam, war das nicht möglich.

Weil Mama Líza keine Zeugen dabei haben wollte.

Außerdem benahm sich Herr Glaser & Söhne gerade so, als käme der Herr *Esessturmbannführer* ausschließlich zu ihm und als hinderte Toni ihn daran, diesen kostbaren Besuch gehörig zu empfangen.

„Toni, dass Sie ja nicht auf die Idee kommen, sich zu schnäuzen, wenn er da ist", sagte er, „das könnte er als Provokation auffassen. Und husten dürfen Sie auch nicht. Menschen, die husten", erklärte Herr Glaser & Söhne, „sind den Eselsleuten immer verdächtig. Sie wissen doch, Unsereiner bringt manchmal etwas auch mit Husten zum Ausdruck. Und das wissen die. Die kennen uns."

„Ich werde ganz ruhig liegen", versprach Toni.

Und das meinte er vollkommen ernst. Wer einen Blutsturz simulieren soll, muss nicht nur ruhig, sondern immer auch auf dem Rücken liegen und darf sich überhaupt nicht bewegen.

Dann war ein Augenblick lang Ruhe. Er setzte sich also auf den Bettrand und versuchte, sich in den Finger zu stechen.

Natürlich mit dem Rücken zu Herrn Glaser.

Herr Glaser & Söhne vermutete aber, Toni schneide seine Fingernägel und fing an zu lamentieren, er mache mit seinen Nägeln den Fußboden schmutzig.

Toni war dies unangenehm. Schlimmer war aber, dass es ihm, wie er befürchtet hatte, nicht wirklich gelang, sich ordentlich zu stechen. Wie er es auch anstellte, die Hand zuckte immer zurück. Er nahm die Stecknadel von der linken in die rechte und von der rechten in die linke Hand, aber es half nichts. Die Hand zuckte immer zurück. Dann legte er die linke Hand auf das Knie und versuchte so, mit der Stecknadel ein kleines Loch in die Fingerkuppe des Mittelfingers, den er zu diesem Zweck für besonders geeignet hielt, zu bohren. Aber auch das gelang ihm nicht. Die Stecknadel war ziemlich stumpf und die Haut wie aus Gummi. Anstelle eines kleinen Lochs, aus dem er hätte Blut saugen können, blieb auf dem Finger nur eine blaue Vertiefung.

Dann begann Herr Glaser & Söhne wieder zu nörgeln, so dass es Toni nun unter der Bettdecke versuchte. Er deckte sich bis zum Kopf zu. Als das jedoch Herr Glaser & Söhne sah, meinte er, Toni sei schon zu groß für solche Spiele, weiß Gott, was er unter der Decke treibe und sein Bett werde wie ein Zigeunerlager aussehen.

Toni, dem es auch unter der Decke nicht gelang, die Hand zuckte wie schon zuvor, stand also auf und ging aufs Klosett.

Aber auch dort hatte er nicht mehr Erfolg. Nicht etwa, dass er Angst gehabt hätte, sich ordentlich zu stechen, ich bitte Sie, Toni hatte schon unzählige Injektionen bekommen, aber es ging einfach nicht. Die Hand verweigerte den Gehorsam.

Man könnte einwenden, Toni plagte sich umsonst. Hätte er sich ins Zahnfleisch gekratzt, wäre der Nutzen der gleiche gewesen, ja sogar noch größer, weil er dann das Blut nicht hätte einsaugen müssen, sondern es direkt in den Spucknapf spucken können. Toni selbst hatte später auch die Idee. Aber so ist es nun mal, die besten Lösungen fallen uns gewöhnlich ein, wenn wir sie nicht mehr brauchen. Und zudem hatte Mama Líza Toni die Stecknadel gebracht und gesagt, er solle sich in den Finger stechen. Toni wollte es ihr recht machen und dachte nicht viel darüber nach, ob man es auch irgendwie anders machen könnte. Er war deshalb traurig.

„Wegen meiner zuckenden Hand", dachte er, „kommt Mama Líza in den Transport und Helga stirbt wahrscheinlich auch."

Dann sagte Herr Glaser & Söhne: „Er kommt."

Davon war aber nichts zu hören, vielmehr war es in ganz L 315 auf einmal still. Herr Glaser & Söhne hatte also wohl recht. In den Nachbarzimmern bekamen sie wahrscheinlich schon Meldung, dass sich der Herr *Esessturmbannführer* näherte. Sonst hätten doch die Herren auf den Zimmern 24 und 25 nicht zu reden aufgehört. Besonders die Herren auf Vierundzwanzig waren schrecklich geschwätzig.

„Ich muss schnell etwas unternehmen", sagte sich Toni. Aber was? Er war völlig verschwitzt vor Aufregung, so angestrengt überlegte er.

Dann hatte er einen Einfall.

Es war zwar ein dummer Trick, aber er war durchführbar.

Gestern erhielt er zehn Gramm Marmelade. Sie war noch auf dem Löffel.

„Wie wäre es, sie dafür zu opfern. Schließlich ist sie rot, im Spucknapf könnte sie aussehen wie Blut."

Es tat ihm zwar um die Marmelade etwas leid, sie bekamen nur sehr selten welche, höchstens einmal im Vierteljahr, aber er wollte es Mama Líza wirklich recht machen. „Sie hat schon so viel für mich getan", dachte Toni. „Eigentlich er-

nährt sie mich die ganze Zeit" – einmal hatte er zusammen-
gezählt, dass ihm Mama Líza während der Zeit im Ghetto
schon mehr als fünfzig Knödel gebracht hatte – „und jetzt,
wo ich etwas für sie tun kann, darf ich sie nicht enttäuschen.
Es ist auch für Helga."

Dann versuchte er sich noch einmal zu stechen, aber die
Hand zuckte wie zuvor immer wieder zurück. So nahm er
also den Löffel und warf die Marmelade in den Spucknapf.

„Wenn der Herr *Esessturmbannführer* nicht gerade daran
riecht", sagte er sich, „fällt ihm das nicht auf."

Gleich danach fing er zwar an, sich Vorwürfe zu machen.
Er hätte die Marmelade nicht direkt in den Spucknapf werfen
müssen, er hätte sie vorher mindestens kurz in den Mund
nehmen und hinundherwälzen können, aber dann sagte er
sich wieder, „wer weiß, vielleicht ist die Marmelade irgendwie
künstlich gefärbt und kann deshalb ausbleichen. Gut, dass
ich es so gemacht habe, wie ich es gemacht habe." Und jetzt
hoffte er, dass der Herr *Esessturmbannführer* nichts merkte.

Der Herr *Esessturmbannführer* merkte nichts.

Er konnte eigentlich auch gar nichts merken, da er nur an
der Tür vorbeihuschte. Herr Glaser & Söhne behauptete
zwar danach, Frau Doktor Kleinhampel habe ihm, als er vorbeihuschte, eine Mitteilung gemacht. Er habe angeblich gehört, wie sie ihm auf deutsch sagte: „Das ist Herr Glaser,
Kaverne in Zwetschgengröße links." Aber Toni und die Herren von Zimmer 24, denen es Herr Glaser erzählte, glaubten
ihm nicht. Sie sagten, hätte Frau Doktor Kleinhampel wirklich eine solche Mitteilung gemacht, hätte sie sicherlich nicht
Herr Glaser gesagt, sondern im besten Fall Glaser, oder eher,
wie es die Deutschen verlangten, Jude Glaser. Und außerdem
bezweifelten sie stark, dass der Herr *Esessturmbannführer*
Interesse an Herrn Glasers Kaverne in Zwetschgengröße

hatte. Abgesehen davon wussten alle genau, dass Herr Glaser auf der linken Seite keine Kaverne in Zwetschgengröße hatte, sondern einen Zerfall und rechts ein großes Exsudat, und dass man dies vor ihm verheimlichte.

Und so kamen Toni, Mama Líza und eigentlich auch Helga aus diesem letzten Transport heraus.

## 11. Kapitel

*das hauptsächlich davon handelt, wie Horst Munther grob und Schwester Lili einsam war.*

Die Sonne schien über dem Ghetto.

Wenn über dem Ghetto die Sonne scheint, ist es gut.

Auf den Straßen glänzen die Pfützen und der grüne Turm der katholischen Kirche erscheint noch grüner.

Toni war in die Geniekaserne umgezogen und konnte jetzt von seinem Bett aus direkt auf den Turm sehen. Er empfand dabei aber keine religiösen Gefühle. Eher erinnerte er sich manchmal an die misslungene Taubenexpedition und dachte dabei darüber nach, wie die Tausiks damals die Tauben aufgegessen hatten. Es ärgerte ihn.

Manchmal setzte er sich auf den Fenstersims und beobachtete das Treiben auf der Straße. Soweit es dort überhaupt noch so etwas wie ein Treiben gab. Nach den Herbsttransporten hatte das Ghetto vier Fünftel seiner Bewohner verloren, es wirkte verlassen und traurig.

Außerdem hatte Toni Sorgen mit Helga.

In der Geniekaserne teilten sie ihm nämlich Horst Munther aufs Zimmer zu. Sie waren nur zu zweit und Toni hatte Angst, wenn er wegginge, könnte Horst Helga etwas antun. In diesem Fall hätte dies für Helga das sichere Ende bedeutet.

Zum Glück aber ließ Horst aus irgendeinem geheimnisvollen Grund Helga bis jetzt in Ruhe.

Toni aber ließ er keinen Augenblick in Ruhe.

Erst lag er zwar die ganzen Tage im Bett und schaute an die Decke. Bald erfand er jedoch eine unterhaltsame Beschäftigung. Er ließ sich die unterschiedlichsten deutschen Schimpfwörter einfallen und bediente Toni damit. Er war dabei unglaublich erfinderisch und ausdauernd, so dass sich Toni manchmal sagte, Horst Munther stelle hier im Ghetto einen neuen Weltrekord im Schimpfen auf.

Manchmal schlug er Toni auch.

Ersteres störte Toni nicht so sehr, soviel deutsch verstand er auch wieder nicht, aber das Zweite war ziemlich unangenehm. Horst Munther war ein Kraftprotz. Und wahrscheinlich hatte er auch boxen gelernt.

Horst hörte auch nicht auf, leise zu schimpfen, als Schwester Lili von L 315 zu Toni kam.

Das Krankenhauspersonal von L 315 war nämlich nicht in die Geniekaserne umgezogen. Nur die Patienten.

Toni ließ sich aber die Freude über den Besuch nicht verderben. „Schwester Lili", sagte er sich, „kann zwar ein bisschen deutsch, aber solche Ausdrücke, wie Horst sie benützt, kennt sie sicherlich nicht."

Wahrscheinlich unterschätzte Toni die Sprachkenntnisse von Schwester Lili ein wenig.

„Wie geht es dir", sagte sie, nachdem sie sich auf Tonis Bett gesetzt hatte. Sie als Schwester durfte dies. Und natürlich durfte sie auch außerhalb der Besuchszeiten kommen.

„Gut", sagte Toni.

Dann schaute sie sich im Zimmer um. „Ihr habt es hier richtig luxuriös", stellte sie fest, „ein Zweibettzimmer."

„Und fließendes Wasser haben wir hier auch", sagte Toni stolz und zeigte auf einen kleinen Blechkanister, der über dem Waschbecken befestigt und mit einem Wasserhahn ausgestattet war. Sie trugen zwar das Wasser von unten aus dem Brunnen herauf, aber es war wie fließendes Wasser.

„Das ist prima", sagte Schwester Lili. „Dann komme ich zu euch, um mich zu waschen."

„Hoffentlich stört ihn das nicht", sagte Toni und deutete mit den Augen auf Horst.

„Wird es nicht", sagte Schwester Lili, ohne Horst anzuschauen. Sie war gut trainiert darin, über Menschen, die sie nicht verstanden, in deren Anwesenheit zu sprechen. „Du kennst die Männer nicht. Jeder ist froh, wenn eine Frau kommt, um sich bei ihm zu waschen. Dann kann er herumerzählen, er habe durch's Schlüsselloch geschaut. Auch wenn er dort vielleicht gar kein Schlüsselloch hat."

„Wenn er nur nicht anders ist", sagte Toni. Und er dachte, Horst wäre es egal, ob die Tür ein Schlüsselloch hätte oder nicht. Er würde sie einfach einschlagen.

„Alle sind gleich", sagte Schwester Lili erfahren. „Keine Angst. Willst du uns nicht vorstellen?"

Toni hatte keine Lust, Horst Schwester Lili vorzustellen. „Kann ich nicht", sagte er. „Er kann kein tschechisch."

Horst Munther konnte tatsächlich kein tschechisch. In der Schule lernte er die Sprache des kleinen Volkes in Mitteleuropa nicht. Und im Übrigen ging Horst nicht sehr oft zur Schule.

„Und außerdem ist er auch sehr sauer", sagte Toni. „Er ist nämlich irrtümlicherweise hier."

„Er hat keine Tuberkulose", wunderte sich Schwester Lili. „Aber das kann man doch nachweisen. Es reicht, wenn wir ihn zu uns zum Röntgen nehmen. Doktor Kleinhampel versteht zwar nicht so viel davon, aber ob jemand Tb hat oder nicht, das erkennt sie gerade noch."

Toni war von ihrer Aussage etwas überrascht. Er war nicht gewöhnt, von Schwester Lili solch souveräne Urteile zu hören. So sprach höchstens Alba Feld und manchmal auch

Erna. „Aber das liegt wohl daran, dass es hier jetzt so wenige Männer gibt", dachte er.

„Aber nein, du hast mich nicht verstanden", erklärte er. „Er hat Tuberkulose. Er ist nur irrtümlicherweise hier im Ghetto. Er war Mitglied der *Hitlerjugend* und man hat bei ihm einen jüdischen Großvater[*] gefunden. Aber er behauptet, das wäre nicht sein Großvater."

„Und wessen Großvater hätte er sein sollen", sagte Schwester Lili. Anscheinend war es ihr nicht sympathisch, wenn sich jemand nicht zu seinem Großvater bekannte. Sie bekannte sich immer zu ihrem Großvater, auch wenn dieser nur ein einfacher Koschermetzger war.

„Das weiß man nicht", sagte Toni. „Ein Großvater von niemand. Obwohl, das ist doch nicht möglich. Von jemand musste er Großvater gewesen sein. Er musste doch minimal ein Enkelkind gehabt haben, um Großvater zu sein."

„Natürlich", sagte Schwester Lili, und musterte sehr verächtlich das jüdische Mitglied der Hitlerjugend. Ein Enkel, der seinen Großvater verleugnete, konnte ihr überhaupt nicht imponieren, auch nicht, wenn er neunzig Kilo wog.

„Seine Großmutter soll in Ordnung sein", sagte Toni. „Ich glaube nur, sie musste eine schrecklich streitsüchtige Frau gewesen sein. Zumindest, wenn er nach ihr geraten ist", fügte er hinzu und griff sich unwillkürlich an die Stirn, wo er einen blauen Fleck hatte.

„Und wie streitet ihr miteinander", fragte Schwester Lili. „Ihr könnt euch doch gar nicht verstehen."

„Manches erklären wir uns mit den Händen", sagte Toni.

---

[*] Die Nürnberger Gesetze hielten die Deutschen minutiös ein. Hattest du jüdisches Blut, konntest du meinetwegen ein Maharadscha oder ein *Esesgruppenführer* sein, es half dir nichts. Du musstest trotzdem in den Transport.

Er sah aber eher so aus, als erklärte ihm Horst Munther, das ehemalige Mitglied der *Hájot*, manches direkt mit der Faust.

„Schlägt er dich", fragte Schwester Lili. Auf diesem Gebiet hatte sie nicht viel Erfahrung. Einerseits hatte sie überwiegend Dienst in der Urologie und der Tb-Abteilung und nicht in der Chirurgie, und andererseits kam es im Ghetto nicht sehr oft zu Raufereien. Kam es aber einmal irgendwo zu einer Rauferei, dann gewöhnlich im Rahmen bestimmter Regeln, so dass selten jemand auf der Krankenstation landete.

„Ja, er schlägt zu", gestand Toni ein. „Vielleicht deshalb, weil ich mich mit ihm nicht richtig verständigen kann. Könnte ich es ordentlich, würde er mich garantiert nicht schlagen. Ansonsten kommen wir ganz gut miteinander aus."

„Deine Stirn sieht nicht danach aus", sagte Schwester Lili fürsorglich, „die sieht eher aus, als wärst du gegen die Schanze gelaufen."

„Mach dir nichts draus, Lilka", sagte Toni. „Zur Zeit schlägt er mich noch. Aber wenn ich erst richtig deutsch gelernt habe, hört er auf, mich zu schlagen."

„Hoffentlich hast du recht damit", sagte Schwester Lili.

„Aber sicher", sagte Toni. „Dann gewinne ich ihn nämlich für unseren Verein. Und als Mitglied unseres Vereins kann er doch keinen Kollegen schlagen."

Toni versuchte fast täglich, Horst für den Tierschutzverein zu gewinnen. Er kannte aber nur wenige deutsche Ausdrücke, er wusste gerade so, dass *vůl* Ochs bedeutet, *osel* Esel und *prase* Schwein. So konnte Horst anhand der unvollständigen Sätze, die aus diesen Worten zusammengesetzt waren, nur sehr schwer die ganze Sache in ihrem vollen Umfang verstehen. Im Gegenteil, oft kam es vor, dass der misstrauische Horst, wenn Toni mit Hilfe seines kleinen Vokabulars zu sprechen anfing, annahm, dass Toni ihn beschimpfe. Das letzte Mal passierte dies gestern, als Toni sich an einen deutschen Auszählreim erinnerte: *Und die Kuh, das bist du.* Horst nahm die *Kuh* persönlich und reagierte unmittelbar darauf, indem er die Geige, die Toni von Herrn Brisch geblieben war, aus dem Fenster zu werfen versuchte. Toni wollte sie ihm aus der Hand nehmen, worauf Horst ihn anzischte, *„du Saujud"*, und sich auf ihn stürzte.

Davon hatte er den blauen Fleck.

Es schien, als könnte sich Schwester Lili, nachdem Toni sie mit einigen Nuancen von Horsts Charakter bekannt gemacht hatte, nicht mehr so frei mit Toni unterhalten. „Du", sagte sie, „ich müsste mit dir unter vier Augen sprechen."

„Aber er versteht wirklich nichts", sagte Toni.

Zum einen war er fest überzeugt davon und zum anderen konnte er sich nicht vorstellen, wie er Horst zu verstehen geben sollte, hinauszugehen. Auch wenn er es ihm einigermaßen erklären könnte, was bei Tonis Sprachkenntnissen kaum zu erwarten war, hieße dies noch lange nicht, dass Horst dem nachkäme. Eher im Gegenteil.

Aber dann zeigte sich, dass er Horst möglicherweise ein wenig Unrecht tat. Er selbst nämlich spürte, dass er hier überflüssig war. Nach einer Weile stand er auf und fing an, sich anzuziehen.

*„Ich geh in die Stadt"*, brummte er, als er fertig war.

*„Auf Wiedersehen"*, sagte Schwester Lili.

*„Scheisse"*, sagte Horst und schlug die Tür hinter sich zu.

Offensichtlich war er es nicht gewohnt, mit Mädchen zu reden.

Dabei hatte er eine Schwester. Sie kam ihn jede Woche besuchen, und wenn er sich auch meistens mit ihrem jeweiligen Begleiter unterhielt, so sprach er bestimmt manchmal auch mit ihr.

*„Sie ist eine jüdische Hure"*, sagte er nach ihrem letzten Besuch. Toni, der dies verstanden hatte, zermarterte sich lange den Kopf darüber. „Wie kommt es, dass Horst über seine Schwester sagen kann, sie sei eine jüdische Hure, wenn er von sich selbst behauptet, ein reinrassiger Arier zu sein. Seine Schwester", sagte sich Toni, „kann keine jüdische Hure sein. Es sei denn, sie ist eine Halbschwester."

Im Übrigen gefiel Toni Horsts Schwester ganz gut. Sie sprach nicht viel, aber das, was sie sagte, hatte Gewicht. Das bemerkte Toni, auch wenn er es nicht verstand. Und sie hatte eine ganz besondere Gangart. Irgendwie drehte sie sich in der Hüfte oder so.

Schwester Lili atmete erleichtert auf, als Horst Munther weg war.

„Er ist ein ziemlich gefährliches Individuum", sagte sie mit ihrer neuen, bedeutungsvollen Stimme.

„Du darfst ihm nicht böse sein", sagte Toni, „im Kern ist er ein netter Kerl. Er reißt eben sein Maul ziemlich weit auf. Wenn er erst Mitglied in unserem Verein ist, soll er sich um die Raubtiere kümmern. Ursprünglich wollte ich ihm die Hauskatze zuteilen, aber irgendwann holt er vielleicht gegen eine solche Katze aus. Das würde kein gutes Ende nehmen. Aber Raubtieren, denen tut er bestimmt nichts."

„Wollen wir es hoffen", sagte Schwester Lili.

„Garantiert nicht", sagte Toni. „Gegen einen Tiger oder einen Löwen traut er sich nicht. Aber ich langweile dich schon mit diesen Tieren, nicht wahr."

„Nein", sagte Schwester Lili und rückte näher an Toni heran, „mich interessiert alles, was du machst."

Toni zog sich ein klein wenig zurück. Er mochte es nicht, wenn jemand zu nah bei ihm auf dem Bett saß. Besonders nicht, wenn sich derjenige auf seine Decke setzte.

„Ich mache eigentlich gar nichts", sagte er. „Dauernd liege ich nur und manchmal schaue ich nach Helga."

Das war nicht ganz die Wahrheit. Manchmal kam es auch zu den erwähnten Duellen mit Horst. Toni hielt es aber nicht für notwenig, weiter darüber zu sprechen. Mehr als genug hatte er sich schon vorher darüber ausgebreitet.

Dann schlug er vor, ob Schwester Lili nicht Helga sehen wolle.

Schwester Lili schien aber keinen besonderen Wert darauf zu legen. „Ich habe sie doch schon gesehen", sagte sie.

Dies war nicht nur eine Ausrede. Schwester Lili hatte Helga nämlich gleich, nachdem er sie bekommen hatte, angeschaut. Aber so ein wenig Ausrede war es, weil das schon mindestens drei Monate her war und eine Maus sich in drei Monaten ganz schön verändern kann. Toni wies auch sofort darauf hin. „Aber seit damals", sagte er, „ist sie ganz toll gewachsen. Das ist jetzt eine ganz andere Maus. Ich zeige sie dir, ehrlich", sagte Toni und neigte sich aus dem Bett, um die Schachtel mit Helga hervorzuholen.

Schwester Lili hielt ihn aber zurück. „Warte", sagte sie, „vielleicht schläft sie ja."

„Dann wecken wir sie auf", sagte Toni. „Sie wird sich freuen, du wirst sehen. Sie hat Besuch gern."

„Nein, wecke sie lieber nicht", sagte Schwester Lili, „ich habe heute keine Lust auf Helga." Sie nahm einen kleinen Spiegel und einen Kamm und fing an, sich die Haare zu kämmen.

Offensichtlich hatte sie wirklich andere Sorgen.

„Das ist dann etwas anderes", sagte Toni, „aber das nächste Mal zeige ich sie dir. Bestimmt."

„Ich bereite mich vor und bringe dann ein paar Körner mit", sagte Schwester Lili.

Trotzdem machte sie auch jetzt nicht den Eindruck, als freute sie sich besonders darauf. Toni begann also lieber, sie nach L 315 zu fragen. „Was gibt es dort Neues", sagte er.

„Was soll schon sein", sagte Schwester Lili. „Alles beim Alten."

„Ist *Schwester* Maria Louisa Herrn Brisch noch böse", wollte Toni wissen.

„Aber nein", sagte Schwester Lili. „Wie kommst du darauf. Sie ist nie jemandem lange böse. Sie verzeiht immer jedem, so christlich wie sie ist. Das ist das Schlimmste an ihr, an dieser Kuh."

„Und was ist mit den Herren", sagte Toni, der es nicht gerne hörte, wenn sich eine Schwester über eine andere so ausließ, wie es gerade Schwester Lili über Schwester Maria Louisa getan hatte. „Betet Herr Adamson noch."

„Er betet nicht mehr", sagte Schwester Lili. „Stell dir vor, er war damals auch noch dran. Und ausgerechnet am Samstag, am *Šábes*. Zuerst sagte er, er gehe nirgendwohin, am Samstag mache er nicht einmal einen Spaziergang, aber dann überlegte er es sich anders und ging doch. Aber er jammerte fürchterlich dabei."

„Das ist traurig", sagte Toni.

Das Verhalten von Herrn Adamson war aber weniger traurig, als vielmehr natürlich. In bestimmten Situationen, wie Herr Löwy zu sagen pflegte, denkt der Mensch eher an den Menschen als an Gott. Bekommst du von jemandem eine Ohrfeige, denkst du doch nicht, dies ist eine Ohrfeige von Gott, sondern du sagst dir, sie ist von Herrn Lederer, von

Herrn Jajteles oder von Herrn Štědrý. Schon deshalb, weil du sie nicht dem lieben Gott zurückgibst, sondern wiederum Herrn Lederer, Herrn Jajteles oder Herrn Štědrý. Und genauso ist es, wenn du in den Transport kommst. Du weißt, nicht Gott hat dich dorthin berufen, sondern die Kommandantur. Und mit den Herren von der Kommandantur ist nicht zu spaßen. Und deshalb, Šábes hin oder her, gehst du und wirst dir nur Mühe geben, den lieben Gott nicht zu sehr auf dich aufmerksam zu machen.

„Und was macht Herr Glaser & Söhne", sagte Toni. „Ist er immer noch dauernd beleidigt?"

„Ja, es ist immer das Gleiche mit ihm", sagte Schwester Lili.

„Manche Menschen sind fürchterlich empfindlich. Hier zum Beispiel, Horst", sagte Toni und strich sich über den Kopf.

„Du hast recht. So waren die Jungs nie", sagte Schwester Lili. „Vor allem Erna nicht. Obwohl ich mir so oft gewünscht hätte, er wäre beleidigt gewesen. Wenigstens da, wo es um mich ging, wenn schon nicht da, wo es um ihn selbst ging. Aber er war nie beleidigt."

„Das kannst du ihm nicht vorwerfen", sagte Toni. „Zum Beleidigtsein muss man Talent haben. Und das hatte Erna einfach nicht. Horst hat ein verblüffendes Talent zum Beleidigtsein. Und außerdem habe ich auch beobachtet, dass es sich immer nur der Stärkere erlauben kann, beleidigt zu sein."

„Und warum kann es sich nicht auch der Schwächere erlauben, beleidigt zu sein", sagte Schwester Lili.

„Kann er schon", sagte Toni. „Aber das zahlt sich für ihn nicht aus. Und deshalb ist es für ihn besser, lieber nicht beleidigt zu sein. Vor allem, wenn er alleine damit ist."

„Du vermisst die Jungs auch, nicht wahr", sagte Schwester Lili.

„Sehr", sagte Toni. „Du weißt doch, Horst Munther, das ist nicht das Wahre."

„Ich hab einen Holländer kennengelernt", sagte Schwester Lili, „er ist in der Metzgerei, wo Jenda Schleim war. Aber es war auch nicht das Wahre."

„Jenda Schleim war ein prima Kerl, nicht wahr", sagte Toni.

„War er wirklich", sagte Schwester Lili.

„Vielleicht wäre aus ihm ein großer Schauspieler geworden", sagte Toni. „Erinnerst du dich, wie er diesen Faulenzer spielte. Und dabei war er in Wirklichkeit kein bisschen faul. Das war eher Alba Feld."

„Auf Alba lasse ich nichts kommen", sagte Schwester Lili.

„Ich auch nicht", sagte Toni. „Aber weißt du, ich glaube, er war eine Spur, ein ganz klein wenig zu selbstbewusst. Manchmal. Fandest du nicht auch?"

„Jeder hat so seine Fehler", sagte Schwester Lili. „Aber mit diesem Holländer ging es einfach nicht. Wir konnten uns nicht einmal verständigen. Und dann wurde über uns auch schlecht geredet. Die Leute sehen schnell in allem etwas Schmutziges."

„Das stimmt", sagte Toni. „Aber wenn du dich bei uns waschen möchtest, dann mache ich dir das Wasser warm. Jetzt, wo Horst weg ist, würde es gehen."

„Du bist naiv", sagte Schwester Lili und strich Toni über sein Haar. Offensichtlich hatte sie gerade nicht das Bedürfnis, sich zu waschen.

„Wahrscheinlich hast du recht", sagte Toni. „Sonst würde ich unseren Verein auch nicht so ernst nehmen."

„Das machst du, weil du ein gutes Herz hast", sagte Schwester Lili und nahm seine Hand.

Das fand Toni ganz angenehm. Es war wie früher, als sich Erna und er zur Begrüßung die Hand gaben.

„Das wohl nicht", sagte er. „Da sind manche Leute viel anständiger."

„Du bist anständig", sagte Schwester Lili. „Man sieht es daran, wie du dich um das Mäuschen kümmerst."

„Um Helga", sagte Toni, „um die muss ich mich doch kümmern. Ansonsten ginge sie ein. Du, Lilka, willst du sie heute wirklich nicht sehen. Du würdest dich wundern, wie sie sich gemacht hat."

„Nein", sagte Schwester Lili. „Ich will sie wirklich nicht sehen. Weißt du, das würde mich nur traurig machen. Und ich wäre neidisch auf sie."

„Ach was", sagte Toni, „wofür könntest du Helga beneiden. Du, Lilka."

„Zum Beispiel dafür", sagte die Schwester, „wie sie sich gemacht hat. Und ich verwelke hier und trockne aus."

„Zufälligerweise siehst du ganz gut aus", sagte Toni.

„Stimmt doch nicht", sagte Schwester Lili. Sie nahm Tonis Hand und rückte ein wenig weiter weg. „Ich werde immer hässlicher. Ich weiß es."

Toni überlegte, wie schrecklich dumm die Frauen doch manchmal sind. Es genügte doch ein Blick in den Spiegel und sie müsste sehen, dass sie immer gleich ist. Laut aber sagte er: „Aber wo auch, du bist gar nicht hässlich. Du bist ein ausgesprochen hübsches Mädchen."

Über diese Feststellung freute sich Schwester Lili. „Na so was", sagte sie, „Toni hat mir ein Kompliment gemacht. Hör mal, bist du nicht langsam erwachsen?"

Toni fühlte sich aber noch nicht erwachsen. Er erklärte ihr auch sogleich, warum. Ihm schien, ein erwachsener Mensch müsse gefestigte Meinungen haben. Er aber habe nur eine einzige solche Meinung, nämlich die, dass er für den Tierschutzverein sei. Aber genau genommen habe er nicht einmal zum Tierschutzverein eine eindeutige Meinung. So habe er sich zum Beispiel lange den Kopf darüber zerbrochen, ob ein Jäger Mitglied des Tierschutzvereins werden könne. Zuerst habe er sich gesagt, nein, weil dieser auf Hasen und andere Tiere schieße. Aber dann sei ihm bewusst geworden, dass ein Jäger im Winter die Tiere füttere. Er könne sich nicht entscheiden.

Aber dies zeige sich nicht nur in seiner Unentschlossenheit. Er bringe nichts zustande. Zum Beispiel damals. Er habe gewusst, wie leid es Mama Líza getan habe, als Eda Spitz weggegangen sei. Aber er habe keinen Ersatz auftreiben können, obwohl er sich große Mühe gegeben habe. „Wäre ich erwachsen", sagte Toni, „hätte ich es bestimmt geschafft."

„Meinst du", sagte Schwester Lili.

„Allerdings", sagte Toni. „Das muss man doch irgendwie hinkriegen."

„Hm", sagte Schwester Lili. „Vielleicht hast du recht. Jeder muss es irgendwie hinkriegen. Weißt du, Toni, mir ist auch manchmal so traurig zumute."

Dann setzte sie sich ein wenig näher, nahm wieder seine Hand und mit der anderen Hand strich sie über sein Haar.

Plötzlich aber raschelte etwas unter dem Bett.

„Was ist das", sagte Schwester Lili.

„Nichts, das ist nur Helga", sagte Toni. „Wahrscheinlich ist sie wach geworden. Weißt du, sie ist es nicht gewohnt, dass jemand auf dem Bett sitzt."

„Aha", sagte Schwester Lili, und drückte ihm stärker die Hand.

Toni war dies ganz angenehm. Schwester Lili war nicht sonderlich stark.

Helga unten aber raschelte immer mehr.

„Ginge es nicht, sie für eine Weile vor die Tür zu stellen", bat Schwester Lili.

„Das geht leider nicht, Lilka", sagte Toni. „Weißt du, hier im Zimmer halten wir immer die gleiche Temperatur und Helga hat sich daran schon gewöhnt. Würde ich sie auf den Gang stellen, könnte sie sich erkälten."

„Also gut", sagte Schwester Lili. „Aber sie klettert nicht raus aus der Schachtel, nicht wahr, Toni. Ich hätte fürchterlich Angst", sagte sie. Sie hörte auf, ihn zu streicheln und nahm auch seine andere Hand.

„Nein, das macht sie nicht", sagte Toni. „Und wenn doch, hab keine Angst. Ich würde sie sofort zurückholen. Damit habe ich schon Erfahrung."

„Das ist gut", sagte Schwester Lili.

Tonis Ruhe und Entschlossenheit in Sachen Helga imponierten ihr offensichtlich.

„Siehst du, du bist schon erwachsen", sagte sie.

„Aber woher denn, Lilka", sagte er, „ich sehe nur so aus." Aber er freute sich darüber.

„Du Lilka", sagte er nach einer Weile, „auch wenn ich jetzt Helga habe, muss ich doch noch dauernd an Fifinka denken. Ich glaube, es war ein Fehler, dass die Jungs sie aufgegessen haben. Meinst du nicht auch?"

„Ja", sagte Schwester Lili. Offensichtlich dachte sie aber an etwas anderes.

„Vielleicht hat es wirklich damit zu tun, dass ich noch nicht erwachsen bin", sagte Toni. „Ich glaube nämlich, dass gerade solche Hunde wie Fifinka nicht gefressen werden sollten."

„Nein", sagte Schwester Lili.

„Du, drücke ich dir nicht zu sehr die Hand", sagte Toni.

„Nein", sagte Schwester Lili.

„Ich möchte dir nämlich nicht weh tun", sagte Toni. „Ich bin überhaupt der Meinung, Menschen sollten sich nicht gegenseitig weh tun. Aber auch den Tieren nicht."

Er war aber nicht ganz ehrlich. In Wirklichkeit hätte er gerne von Schwester Lili wenigstens eine Hand zurückgezogen. Er fand es schon ein bisschen dumm, wie sie sich schon so lange beide Hände hielten.

Schwester Lili aber war offensichtlich damit zufrieden. Sie rückte sogar noch ein Stückchen näher.

„Moment", sagte er dann, „ich muss Temperatur messen."

Um Temperatur messen zu können, brauchte er selbstverständlich wenigstens die rechte Hand.

Also ließ sie Schwester Lili los.

„Hast du Temperatur", sagte sie besorgt.

„Kaum", sagte Toni, „aber man achtet hier sehr darauf. Wir messen manchmal auch dreimal am Tag."

„Wir machen das nicht so", sagte Schwester Lili. Und sie sah aus, als täte es ihr sehr leid, dass man bei ihnen in L 315 nicht so regelmäßig die Temperatur kontrollierte.

„Das war bei euch besser", sagte Toni. „Überhaupt war Vieles bei euch besser. Zum Beispiel das Klosett." Er wollte um jeden Preis Lili eine Freude machen. „Du", sagte er dann, „macht es dir nichts aus, dass ich Temperatur messe, wenn du bei mir zu Besuch bist."

„Nein", sagte Schwester Lili. „Hauptsache, die Maus ist nicht mehr zu hören. Sonst stört mich nichts auf der Welt."

Helga hatte sich jetzt tatsächlich beruhigt.

Sicher hatte sie auch vorher nicht absichtlich gestört. Aber Schwester Lili war vielleicht mit dem Fuß an die

Schachtel gestoßen und hatte damit Helga erschreckt. Toni nahm es ihr überhaupt nicht übel. Er wusste aus Erfahrung, dass Helga eine sehr sensible Maus war. Er selbst fühlte sich jetzt auch schon wieder besser. Auch wenn er nicht so gerne Temperatur maß.

„Es reicht jetzt", sagte dann Schwester Lili, und nahm ihm das Thermometer weg.

„Du hast nichts", sagte sie. „Also weißt du was, ich lege mich ein wenig zu dir."

Und sogleich zog sie sich den Pullover über den Kopf.

Dann wandte sie ihm den Rücken zu und zog sich die Strümpfe aus, oder sonst noch was.

„Sie sieht gut aus", dachte Toni. „Vielleicht von hinten noch besser als von vorne. Sie hat sehr schöne Haare." Dann schaute er aus dem Fenster und sah einen Schwarm Gänse, der in Richtung Westen flog.

„Siehst du sie", sagte er. „Das sind Schwalben, oder Rebhühner. Das erkennt man daran, wie sie fliegen. Kannst du das erkennen?"

„Nein", sagte Schwester Lili und legte sich neben Toni.

Toni rückte wieder ein wenig weg. „Ich auch nicht", sagte er. „Aber weißt du was, wenn die Russen kommen, werden wir uns auf Pferde spezialisieren und eine Zeit lang keine anderen Tiere schützen. Was meinst du dazu, Lilka."

„Kann man machen", sagte Schwester Lili und rückte näher an Toni heran.

Von weit her, noch von sehr weit her, hörte man Kanonendonner.

Zum Schluss nur eine kleine Anmerkung für die, die dort waren. Sicher haben sie sich aufgeregt, weil in ihrem Ghetto vieles anders war als in Tonis Ghetto. Ich weiß. Schuld daran ist mein schlechtes Gedächtnis und meine unverbesserliche Neigung zur literarischen Stilisierung. Verzeihen Sie mir das.


Ihr


Pick

# Anhang

## Glossar

(A.d.Ü. = Anmerkung der Übersetzer)

**Ahoj** Im Tschechischen ein alltäglicher, freundschaftlicher Gruß.

**ajn cvaj** eins zwei.

**Alba Pole – Alba Feld** Das Wortspiel, das Toni mit Alba Felds Namen macht, beruht darauf, dass „Feld" im Tschechischen „Pole" heißt.

**Altershajm, Altersheim** Massenquartiere für Greise.

**Aussiger Kaserne** Kaserne im Ghetto.

**Eltestnrát, Ältestenrat** Gremium der Jüdischen Selbstverwaltung.

**Chonte** (jiddisch) Dirne.

**Erben** Karel Jaromír Erben, tschechischer Balladendichter aus dem 19. Jahrhundert.

**Eses(ober)gruppenführer** SS-(Ober)gruppenführer.

**Esessturmbannführer** SS-Sturmbannführer.

**Esšus, Essschuss** Aus der Vulgärmilitärsprache übernommen, bedeutet Essschale.

**Frajcajt, Freizeit(gestaltung)** Abteilung im Ghetto, die Freizeitveranstaltungen organisierte, wie Theater, Konzerte, Vorträge, Sport.

**Ganef** (jiddisch) Gauner.

**Geniekaserne** Kaserne im Ghetto, alte Bezeichnung für Pionierkaserne.

**Ghetto** Konkret handelt es sich um das Ghetto Theresienstadt. Das Wortspiel, auf das Pick im tschechischen Original hinweist, lässt sich nicht direkt ins Deutsche übertragen. Er schreibt: „Die meisten Leute sagten grundsätzlich *v ghettě*/im Ghetto (Sie verwendeten also eine falsche grammatikalische Form, A.d.Ü.) anstatt *v ghettu*/im Ghetto (Richtige grammatikalische Form, A.d.Ü.). Vielleicht deshalb, weil das Ghetto für sie die Welt (*svět*) war. Sie lebten eben nicht in der Welt (*ve svĕtĕ*), sondern im Ghetto (*v ghettĕ*)."

**Ghettomark** Ghettogeld, das eigentlich nichts wert war.

**Ghettowache** Jüdische Lagerpolizei.

**Ghettogefängnis** Gefängnis, von der jüdischen Ghettowache bewacht.

**Hájot** HJ (Hitlerjugend).

**Hamburger Kaserne** Kaserne im Ghetto

**Hannoverkaserne** Kaserne im Ghetto.

**Hundertschaft** Arbeitsgruppe mit 100 (oft auch weniger) Arbeitern (Adler). In der Novelle erklärt Pick den Ausdruck „Hundertschaft" mit der Anzahl der Arbeitstage.

**irgendvi, irgendwie**

**Jugendhajm, Jugendheim** Jugendliche und Kinder waren oft in eigenen Gebäuden untergebracht, in sogenannten Heimen.

**Kaffeehaus** 1942 eingerichtet. Die Gefangenen konnten eine Eintrittskarte erwerben und sich 2 Stunden dort aufhalten. Angeboten wurden Ersatzkaffee und Tee.

**Klajdrkamr, Kleiderkammer**

**Kopfšus, Kopfschuss.**

**Koschermetzger** Metzger, der nach den rituellen jüdischen Speisegesetzen arbeitet.

**Masaryk** Tomáš Garrigue Masaryk, Präsident der Tschechoslowakei 1918-35.

**Magdeburger Kaserne** Kaserne im Ghetto, Sitz der Jüdischen Selbstverwaltung.

**Nebich** (jiddisch) Bemitleidenswerter, erbarmungswürdiger Mensch.

**L 315, Q 206** In Theresienstadt zur Ghettozeit wurden die Längsstraßen mit L bezeichnet, die Querstraßen mit Q. L 315 bedeutete demnach: Längsstraße 3, Gebäude 15, Q 206 bedeutete Querstraße 2, Gebäude 06.

**Powidl** (tschech.-österr.) Pflaumenmus.

**Q 206** Siehe L 315.

**Rajtšŭl, Reitschule** Diente als **Schleuse**.

**Reklamationen** Nach der Einreihung in den Transport konnte man reklamieren, eine begründete Bitte um Ausreihung vorbringen (**sich herausreklamieren**).

**Šábes** (jiddisch) **Schabes**, Sabat, Ruhetag.

**Šames, Schames** (jiddisch) Synagogen- oder Gemeindediener.

**Šlojska, Schleuse** Sammelstelle für ankommende und abfahrende Gefangene.

**Šterbecimr, Sterbezimmer.**

**Schanze** Theresienstadt wurde ursprünglich als Festung erbaut. Mit Schanze bezeichnete man den Befestigungswall um die Stadt.

**Schutzlisten** Offizielle und inoffizielle Verzeichnisse, die bestimmte Personen vor den Transporten schützen sollten.

**Sudetenkaserne** Kaserne im Ghetto.

**Transporte** Deportationen in die Vernichtungslager.

Die tschechischen **Lieder**, die in der Singstunde mit Herrn Brisch erwähnt sind, heißen im tschechischen Original: Pec nám spadla. Teče voda, teče. Letěla bělounká holubička. Hej, Slované.

Quellen:
Adler, H.G.: Theresienstadt 1941-1945. Das Antlitz einer Zwangsgemeinschaft. Göttingen 2012 (Reprint der 2. Auflage 1960).
Chládková, L.: Terezínské Ghetto (dt. Theresienstädter Ghetto). Praha 2005.
Landmann, S.: Jiddisch. Das Abenteuer einer Sprache. Frankfurt, Berlin 1994.

# Das Ghetto Theresienstadt

Theresienstadt, tschechisch Terezín, der Schauplatz der vorliegenden Novelle, ist eine Kleinstadt nordwestlich von Prag, eine alte Festungsanlage, erbaut im 18. Jahrhundert. Sie ist umgeben von einem mächtigen Wall, innerhalb dieses Walles ist sie geprägt von massigen Kasernengebäuden. Die Nationalsozialisten wollten diese besondere bauliche Struktur nutzen: Sie machten daraus seit 1941 ein Sammel- bzw. Durchgangslager für die jüdische Bevölkerung, die überwiegend aus dem damaligen Protektorat Böhmen und Mähren und aus Deutschland stammte. Über 60% der dort internierten Menschen, insgesamt waren es bis zum Ende des Krieges ca. 140.000, wurden weiter nach Osten in die Vernichtungslager, meist Auschwitz, deportiert. Knapp 25% starben in Theresienstadt. Es war erklärtes Ziel der Nazis, die jüdische Bevölkerung schon in diesem Durchgangslager zu „dezimieren", wie sie sich ausdrückten.

Entsprechend dieser Vorgabe herrschten unmenschliche Bedingungen in Theresienstadt. Die Menschen wurden nach deren Ankunft weitgehend ihrer Habseligkeiten beraubt. Auf engstem Raum, meist in den Kasernen, wurden sie zusammengepfercht. Bis zu 400 Personen waren zuweilen in einem Kasernensaal untergebracht. Die hygienischen Bedingungen spotteten jeder Beschreibung. Ungeziefer hatte die Unterkünfte und die Menschen befallen. Einseitige und völlig unzureichende Ernährung ließ die Gefangenen schwer unter Hunger und Durst leiden. Krankheiten grassierten. Die medizinische Versorgung war völlig unzureichend. Eine hohe Sterblichkeit war die Folge. Der Höhepunkt war im September 1942 erreicht, als täglich durchschnittlich 127 Personen starben. Ohnmächtig, der Willkür der SS-Leute ausgesetzt, beraubt jeder Würde, mussten die Menschen täglich mit der Einberufung zu den Transporten nach Auschwitz rechnen. Der Verlust von Familienangehörigen und Freunden infolge der Transporte und infolge von Krankheiten und Hunger gehörten zum Alltag.

Theresienstadt hatte aber auch ein anderes Gesicht. Die Gefangenen führten nämlich einen besonderen Kampf gegen die Entmenschlichung im Lager, es entfaltete sich ein kulturelles Leben. U.a. Schriftsteller, Journalisten, Musiker, Maler, Schauspieler, Professoren, Politiker, Ärzte, Rabbiner, zum Teil bedeutende Persönlichkeiten aus dem öffentlichen Leben, waren unter den Häftlingen. Und so wurden Vorträge zu unterschiedlichsten Themen gehalten, Theaterstücke, Opern und Operetten wurden aufgeführt, Kabarettvorführungen waren besonders beliebt, Konzerte fanden statt, eine große Sammlung mit Büchern stand zur Verfügung, aber auch Fußballspiele wurden organisiert. Es war dies alles improvisiert, unter einfachsten Bedingungen, z.B. auf Dachböden, dargeboten. Geprobt und vorgetragen wurde innerhalb der wenigen Zeit zwischen Arbeitsdienst und Sperrstunde. Die sogenannte „Selbstverwaltung" im Ghetto trug maßgeblich zur Verwirklichung solcher Veranstaltungen bei. Wie auch in anderen Ghettos hatten die Nationalsozialisten unter dem Kommando der SS eine „Jüdische Selbstverwaltung" installiert, geleitet vom „Ältestenrat". Es sollte dadurch wohl ein reibungsloserer Ablauf der Maßnahmen im Ghetto gewährleistet werden. Auf die besondere Problematik der Ghetto-Selbstverwaltung bzw. des Ältestenrats eingehend, auf deren moralische Konflikte als Entscheidungsträger, schreibt J.R. Pick in der Novelle: Der Ältestenrat „gab vor, das Ghetto zu leiten, wenngleich er es gar nicht leitete. Manchmal gab er auch vor, es nicht zu leiten, wenngleich er es leitete. Das kam auf die Situation an."

Besonders großen Wert legten die Menschen im Ghetto auf die Erziehung der Kinder. Obwohl von der SS verboten, wurde heimlich Unterricht organisiert. Neben der Wissensvermittlung diente der Unterricht wohl in erster Linie dazu, der totalen Verwahrlosung und Verrohung der Kinder entgegenzuwirken. Die Kinder waren die Hoffnung, sie standen für eine bessere Zukunft. Die Realität jedoch ist: Über 10.000 Kinder wurden von Theresienstadt nach Auschwitz deportiert. Die allerwenigsten von ihnen überlebten.

Warum die SS bzw. die Nationalsozialisten die „Vergünstigungen" in Theresienstadt überhaupt zuließen, ist nicht ganz klar. Sicher rechneten sie sich aus, ihre Vernichtungspolitik dadurch störungsfreier zu gewährleisten. Der Hauptgrund ist aber wohl, dass sie das Lager immer wieder zu propagandistischen Zwecken nutzen wollten. Theresienstadt wurde nämlich als Musterghetto nach außen vorgeführt. Es entstand sogar ein Film im Ghetto über das Ghetto: „Der Führer schenkt den Juden eine Stadt" heißt der Titel. Nach den Aufnahmen wurden die Mitwirkenden nach Auschwitz deportiert, nur wenige überlebten.

Die Übersetzer

Quellen:
Adler, H.G.: Theresienstadt 1941-1945. Das Antlitz einer Zwangsgemeinschaft. Göttingen 2012. (Reprint der 2. Auflage 1960).
Chládková, L.: Terezínské Ghetto (dt. Theresienstädter Ghetto). Praha 2005.

# Über den Autor Jiří Robert Pick

Erinnerungen von Zuzana Justman an ihren Bruder J.R. Pick.
(übersetzt aus dem Tschechischen, E.G. und S.M.)

Als die Nationalsozialisten den jüdischen Kindern verboten, die
Schule zu besuchen, verbrachten mein Bruder und ich viel Zeit zu
Hause. Wir waren dabei sehr aufeinander angewiesen. Ich war
glücklich, dass mein kluger, um sechs Jahre älterer Bruder, sich mit
mir beschäftigte. Er war von der Situation weniger begeistert. Oft
aber spielte er mit mir oder debattierte mit mir über unsere geliebten Karl-May-Romane. Wir hatten alle Bände von Karl May zu
Hause, auswendig kannten wir daraus die Namen aller Figuren und
aller Orte. Damals schon widmete sich Bobby – wir nannten meinen Bruder in der Familie immer Bobby – viel dem Schreiben. Er
verfasste lyrische und satirische Verse, er übersetzte Gedichte aus
dem Deutschen, vor allem Gedichte von Goethe. Weil er keine
anderen Zuhörer hatte, las er mir alles vor. Jedes Jahr zu meinem
Geburtstag schrieb er für mich ein paar witzige Verse. In dieser
Familientradition war er von uns allen der Beste. Das Gedicht, das
er für mich zu meinem dreizehnten Geburtstag in Theresienstadt
schrieb, habe ich bis heute.

Im Sommer 1943 sind wir nach Theresienstadt gekommen. Etwa eine Woche nach unserer Ankunft fühlte sich Bobby nicht
wohl. Er kam zu uns auf den Dachboden, wo ich und meine Mutter
untergebracht waren und legte sich zu mir ins Bett. Am Abend, als
er in seine Unterkunft zurückkehren musste, stand er auf und
brach zusammen, er hatte Kinderlähmung. Wir wussten nicht, ob
er überleben würde. Nach einer langen Zeit erholte er sich zwar,
aber nicht vollständig. Sein ganzes Leben lang konnte er nicht mehr
gut gehen.

Sobald er sich etwas besser fühlte, fing er im Krankenhaus wieder zu schreiben an. Ich besuchte ihn jeden Tag und manchmal
überbrachte ich Vera W., die er damals sehr gern hatte, Liebesge-
dichte von ihm. Bobby war auch musikalisch. Er spielte gut Klavier
und Harmonika. Nach seiner Entlassung aus dem Krankenhaus

bekam er im Theresienstädter Kaffeehaus Arbeit als Akkordeon-spieler. Bald aber fing er an zu husten und Blut zu spucken. Er musste zurück ins Krankenhaus, dieses Mal mit Tuberkulose. Dort blieb er dann bis zum Ende des Krieges.

Als ich den „Tierschutzverein" das erste Mal las, wusste ich nicht, welche Details auf wahren Erlebnissen während seiner Kran-kenhausaufenthalte beruhten. Ich sagte zu unserer Mutter: „Bobby übertreibt doch in der Szene, wo Toni und Mama Líza Wetten abschließen, welcher Patient im Sterbecimr als erster stirbt." Aber Mutter sagte: „Das hat er sich nicht ausgedacht. Als er mit Kinder-lähmung im Zimmer mit den kleinen Kindern lag, haben wir täglich gewettet."

Bobby brauchte mehr als zwanzig Jahre, bis er über Theresien-stadt schreiben konnte. Mir schenkte er den „Tierschutzverein" mit der Widmung: „Meiner kleinen Schwester, die alles anders in Erin-nerung hat." Er hat mich immer etwas aufgezogen, aber dass jeder von uns diese schreckliche Zeit etwas anders erinnert, ist, glaube ich, wahr.

Einige Jahre nach dem Krieg emigrierten meine Mutter und ich nach Argentinien. Bobby entschied sich, in Prag zu bleiben. Der Abschied war sehr schwer. Ich vermisste ihn sehr, aber er blieb mir, trotz der riesigen Entfernung, nahe. Ich las und bewunderte nach wie vor alles, was er schrieb, unsere Diskussionen setzten sich schriftlich fort, und Gedichte zu besonderen Anlässen, in perfek-tem Reim geschrieben, kamen mit der Post. Als ich krank war und lange liegen musste, schrieb mir Bobby, der mit dem Kranksein viel mehr Erfahrung hatte:

> Wie oft sage ich zu mir,
> es ist besser krank zu sein als gesund.
> Der Kranke träumt, gesund zu werden,
> dem Gesunden aber fehlt die Perspektive.